KB129263

치앙마이에서는
천천히
걸을 것

치앙마이에서는 천천히 걸을 것

1판 1쇄 인쇄 2019. 5. 15.
1판 1쇄 발행 2019. 5. 24.

지은이 배율 · 진유탁

발행인 고세규
편집 고정용 | 디자인 조명이
발행처 김영사
등록 1979년 5월 17일(제406-2003-036호)
주소 경기도 파주시 문발로 197(문발동) 우편번호 10881
전화 마케팅부 031)955-3100, 편집부 031)955-3200 | 팩스 031)955-3111

값은 뒤표지에 있습니다.
ISBN 978-89-349-9581-4 03810

홈페이지 www.gimmyoung.com 블로그 blog.naver.com/gybook
페이스북 facebook.com/gybooks 이메일 bestbook@gimmyoung.com

좋은 독자가 좋은 책을 만듭니다.
김영사는 독자 여러분의 의견에 항상 귀 기울이고 있습니다.

이 도서의 국립중앙도서관 출판시도서목록(CIP)은 서지정보유통지원시스템 홈페이지(http://seoji.nl.go.kr)와 국가자료공동목록시스템(http://www.nl.go.kr/kolisnet)에서 이용하실 수 있습니다.(CIP제어번호 : CIP2019018185)

율리와 타쿠의
89일 그림일기

치앙마이에서는 천천히 걸을 것

배율×진유탁 글·그림

김영사

율리 Yulri

식당에 가면 굳이
안 먹어본 메뉴를
골랐다가 후회하는 편.
뻔한 해피엔딩을 좋아한다.

타쿠 Takku

깐깐한 깐깐징어.
겉으로 드러나는 깐깐함은
잠재되어있는 깐깐 빙산의
일각일 뿐이다.

율리

인스타그램에 그림일기를 올리기 시작했던 건 첫 회사를 그만둔 지 꼭 한 달 만의 일이었습니다. 치앙마이로 떠난 건 그로부터 다섯 달이 더 지난 후였어요. 자연스럽게 그려나갔던 이야기들이 책의 형태로 엮여 세상에 나오게 되리라는 것을 그때는 미처 몰랐습니다. 이 책은 그렇게 어느 겨울 12월부터 이듬해 봄 3월까지, 89일 동안 태국 치앙마이에서 겪고 느낀 것을 모은 책입니다. 몇 번이고 다시 만화를 들춰보고 에세이를 덧붙여 쓰면서 치앙마이는 제게 한층 더 의미 있는 곳이 되었습니다. 책이 나오기까지 관심 가져주시고 마음 써주신 모든 분들에게 진심으로 감사를 드립니다. 이 책이 치앙마이를 사랑하는 분들과 어디로든 떠나고 싶은 분들에게 작은 즐거움과 응원이 된다면 더할 나위 없이 기쁠 것 같습니다.

타쿠

치앙마이 이야기의 대부분은 율리의 시각에서 그려졌습니다. 장면 연출이나 스토리 흐름을 정할 땐 제가 함께하기도 했지만, 이야기의 중심은 늘 그녀가 잡았습니다. 그 덕분에 치앙마이의 따뜻함이 더 잘 표현될 수 있었다고 생각합니다. 어딘가 삐딱하고 메마른 저의 시각이었다면 분위기가 많이 달라졌을 겁니다. 그런 제 이야기를 책에 함께 싣기로 하고선 조금 걱정했었습니다만, 한편으론 제가 느꼈던 치앙마이를 들려드릴 수 있게 되어 기대도 됩니다. 인스타그램에 만화를 연재하던 도중 몇몇 독자분들로부터 저희 이야기를 보고 치앙마이에 갔다는 연락을 받은 적이 있었습니다. 그런 소식은 언제나 저와 율리에게 큰 힘이 되었습니다. 저희 이야기를 아껴주시고 즐겨주신 독자분들이 있었기에 저희의 여정에 큰 의미가 생겼고, 이 책이 만들어질 수 있었습니다. 감사합니다.

차례

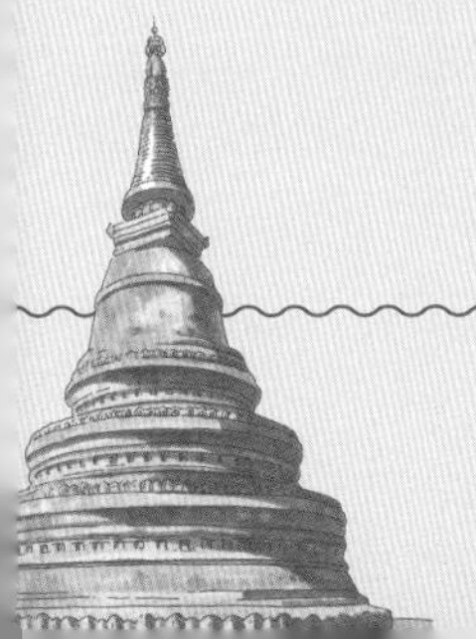

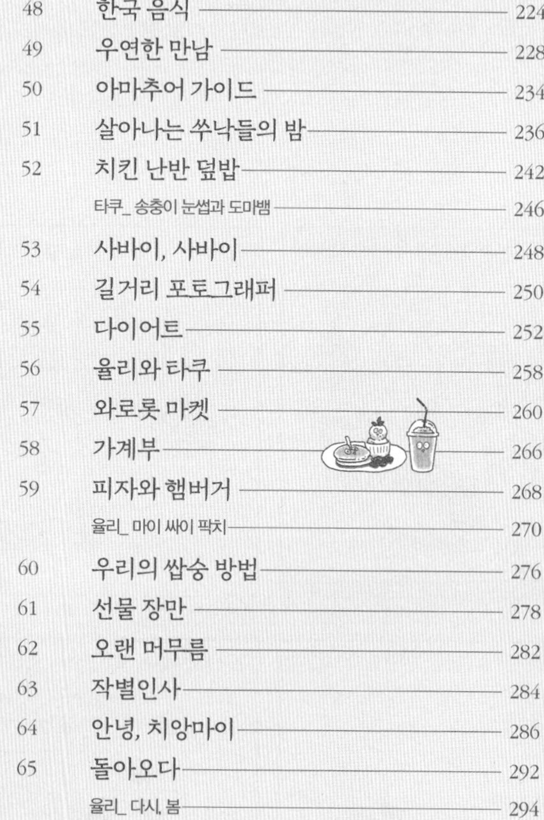

01

첫 외국 여행

대책 없고 겁도 없이 떠났던 첫 외국 여행!
그때는 하나하나의 결정이 스스로에게 어떤 영향을 주게 될지
전혀 고민하지 않았었다. 어쩌면 이때부터 쌓아온
'되는대로 살기 실천'이 지금 이런 나를 만들었는지도.

* 배낭여행 컨셉 단체 패키지 여행이었다.

* 타지마할 가던 길.

* 인도 기차 3등석의 추억.

02

결정!

100% 집돌이인줄 알았던 타쿠의 놀라운 제안.
그리고 큰 결정일수록 직감에 의존해 지르고 보는
나의 빠른 대답. 인생은 타이밍이라는데,
지금 안 가면 영영 못 갈지도 모를 일이었다.

무비자로는 90일이 최대래.
이왕 가는거 꽉 채워서 3달 정도?
어때?
검색
검색

세달
…?!

응…
세달.

음…

제안 받은지 30초, 결정 완료.
그래! 가보자!
후후!

이 여행, 괜찮은 걸까.
치앙마이가 태국이던가
응응. 따뜻할거야
율리
여전히 무념무상
타쿠
자유여행 경험 X

치앙마이로 가자

영화 〈런치 박스〉의 주인공 일라는 이런 말을 한다.
"잘못 탄 기차가 목적지에 데려다 준대요."
그리고 덧붙여 말한다. "두고 봐야 알 일이죠."

"치앙마이 가볼래?"

예고 없었던 질문. 저 멀리 남쪽 태국 어딘가에 있는 작은 도시에 가보자는 타쿠는 도대체 무슨 생각을 하고 있는 걸까. 느닷없는 질문에 내 머릿속엔 물음표가 가득 찼다. 많이들 간다는 방콕도 아니고 치앙마이는 또 어디야? 무비자 체류 기한을 꽉 채워보자고? 어떻게 갑자기 그런 생각이 든 거야?

신기한 일이었다. "여행이란 건 대체 왜 가는 거야? 집 나서서 돈 쓰고 고생만 하는 거잖아"라고 말하던 타쿠였다. 알고 지낸지 10년, 사귄지 6년이라는 오랜 기간 동안 여행다운 여행이라고는 가본 적 없는 우리. 나 역시 타쿠를 이끌고 어딘가 억지로 가고 싶지는 않았다. 바쁨과 귀찮음, 그 밖에도 이유는 많았다. 가족이나 친구가 아닌 타쿠와는 짧은 여행 계획조차 세운 적이 없었다.

타쿠의 이야기를 들었던 것은 우리가 막 프리랜서 디자이너, 좀 더 정확히 말하자면 백수가 된지 얼마 지나지 않았을 때였다. 포트폴리오를 정리하고, 운동을 다니고, 퇴사하자마자 끄적거리기 시작한 그림일기를 인스타그램에 올리는 일상. 갑자기 여유로워진 마음 한구석에는 언제나 미래에 대한 고민이 콕 박혀 있었다. 함께 서른 문턱을 막 넘어선 친구들을 만날 때면 나눴던 대화들이 떠오르곤 했다. "이십대에는 아르바이트를 하든 여행을 가든, 무턱대고 하고 싶은 걸 하며 지냈는데, 이젠 그러면 안 될 것 같은 기분이야. 점점 선택의 문이 좁아지는 것 같지 않아?" 문이 더 좁아지기 전에 프리랜서 생활에 몰두하거나, 다시 입사를 하거나 둘 중 하나를 선택해야 할 것만 같았다.

타쿠의 제안에 흔쾌히 '그러자!'고 답했지만 정말로 가도 괜찮을지 확신이 없었다. 일주일이나 열흘 정도라면 이런 고민을 하지도 않았을 텐데. 앞에 놓인 번듯한 길을 두고 누구도 가지 않을 샛길로 들어가는 기분이었다. 그 끝에 무엇이 있을지 알 수 없는 세 달짜리 샛길 말이다.

머뭇거리는 내 마음은 아랑곳하지 않고 출국일만이 성큼성큼, 기다림 없이 다가왔다. 한껏 고민하면서도 결정을 물리기는 싫었던 탓에 왕복 비행기며 숙소를 모조리 예약해둔 터였다.

이렇게 답이 명쾌하지 않을 때는 비장의 카드를 꺼낸다. '내가 할머니가 됐을 때 어떤 마음으로 지금을 돌아보게 될 것 같아?' 하고 상상해 보는 것. 할머니가 된 상상 속의 나는 진취적이고 씩씩한 모습이다. "가고 싶다는 생각이 들었으면 기회가 생겼을 때 갔어야지!" 미래의 내가 지금 나를 본다면 틀림없이 이렇게 말했을 것 같았다. 세 달쯤 떠난다고 세상이 무너지고 길거리에 나앉게 되지는 않을 거라고. 확신할 수는 없는, 딱 그 정도로 시작해도 뭐 어떤가. 사람 일이란 건 당장 내일 일도 모른다는데.

거기까지 생각하고 나니 갑자기 뭐든 할 수 있을 것 같은 기분이 들었다. 근거 없는 직감이 자꾸만 치앙마이로 가라고 마음을 떠밀고 있었다. 가지 않아야 할 이유가 있다면 어떻게든 힘내서 풀어내면 되는 것이다. 하지만 이건 지금 해보지 않으면 할머니가 되어서 후회할 일이라는 생각이 들었다.

영화 〈런치 박스〉의 주인공 일라는 이런 말을 한다. "잘못 탄 기차가 목적지에 데려다 준대요." 그리고 덧붙여 말한다. "두고 봐야 알 일이죠." 그런 다음 그녀는 분명 큰 용기가 필요했을 결정을 한다. 그 결정은 세상에서 이야기하는 '정답'과는 거리가 멀다. 현실에서 누군가 그녀와 같은 결정을 했다면 주변 사람들이 나무랐을지도 모를 결정. 하지만 그녀의 말처럼, 잘못한 결정이 올바른 결과를 불러올 수 있다. 그리고 그런 가능성을 본다면 잘못한 결정은 더 이상 잘못한 결정이 아니다.

그래서 항상 바라왔듯, 이번 겨울은 따뜻한 곳에서 보내보기로 했다. '가봤자 크게 달라질 건 없다'느니 '갔다 와선 어쩔 거야'라는 말들로 마음속 어딘가에 우겨넣어 버렸던 마음을 꺼낼 날이 왔다. 이직이 아닌 다른 기차를 타는 것은 우연을 만들어내기 위한 필연적인 선택인 거라고. 그 기차에 올라탄 내가 끝끝내 어떤 목적지에 내리게 될지는 물론, 두고 봐야 알 일이지만 말이다.

대한민국
REPUBLIC OF KOREA
100

03

여행지도 만들기

내가 모르는 지역에 가장 빠르게 익숙해지는 방법은
가야만 하는 곳, 가고 싶은 곳들을 지도에 꼼꼼하게 체크하는
방법이다. 그러고보면 오래 살았던 서울도 딱 그렇다.
가야만 하는 곳과 가고 싶은 곳들로 이루어져 있다.

유명한 관광지도 몽땅 찍어두고
왓체디루앙
왓프라탓 도이수텝

맛집도 잔뜩 체크, 체크.
쏨분씨푸드
팁싸마이

카페도! 빵집도! 찍어둬야지!
카페 리스트레토
몬놈솟 토스트
반 베이커리
두다다다 다다닷

다 만들고나면 여행 기대감 대 상승!
아~ 다했다!!
쭈우욱~

부작용 :

이미 여행을 다녀온 듯한 느낌이 들 수 있음.
흐으음…!

04

삼겹살

여행만큼 재미있는 건 여행을 빌미로 자주 못 만나던 친구들 만나기, 간만에 떠나는 여행이 얼마나 좋을지 기대하기, 그리고, 당분간 못 먹을 맛있는 것 먹기.
원래 이유라는 건 갖다붙이기 나름 아니던가!

떡볶이!
떡튀순 어때?
어제 먹었잖아!! 진정해!!

보쌈정식!
이건 어떤가?
아냐… 느낌이 안 와!! 크으윽!!

해장국?
짜장면?
족발?
냉면?
비빔밥?
불고기?
김치찌개?
한식뷔페?
라면?
치킨?

그렇다면!
그건가?

삼겹살!
바로 그거야~!!

장기 여행… 좋은 핑계였다.
짠!
건배

05

출국

공항철도 환승역인 공덕역은 6개월 전 나의 출근길이었다.
캐리어를 끌고 가는 사람들과 나란히 걸으며
몇 번이고 타쿠에게 했던 말.
"우리도 언젠간 공항에 가려고 공덕역을 지나는 날이 오겠지?"

짐을 많이 싸서 허둥지둥
위탁수하물 수속
추가 수화물
1kg당
약 3만원
입니다
호에에!
이걸
이쪽으로!
침착해라
뉴루야

짐을 잘못 싸서 허둥지둥 하다보니
왜
안오나
뉴루야
칼은
기내반입
금지입니다
호에에!
죄송
합니다!
태국에서
망고 깎아묵을라
켔는데에에에!

어느 샌가
DUTYFREE | SHI
면세점에서 되찾은
마음의 평화
뿌듯
뿌듯
% SALE
← 위스키
파운데이션

비행기가 뜬다.
우우웅ㅡ
간다
간다!

아무리 흐린 날에도 구름위에는 언제나
맑게 개인 하늘과 빛이 있다.

흐린 날도 맑은 날도. 돌이켜보면
좋았던 날들로 남을 그런 여행이 되기를!!
근데
기내식은
안주나?
배고프군
아쉽지만
없다…

KOREAN AIR
CATERING

왜 치앙마이인가?

사실대로 고백하자면 치앙마이에 간 것은
'별 이유는 없고, 한번 살아볼만 할 것 같아서'인데…
그걸 입 밖으로 꺼내면 너무 실없는 인간처럼 보일 것 같아
마음속에 묻어둘 수밖에 없었다.

사람들은 결정을 할 일이 있을 때 종종 이유나 목적을 내팽개치곤 한다. 그러고 나면 대부분의 경우에는 아둔했던 과거의 나를 책망할 일만 남는다. 치앙마이행 결정이 그랬다. 여행에도, 디지털노마드의 삶에도 심드렁했던 나. 어느 날 충동적으로 율리에게 치앙마이 이야기를 꺼냈고, 무슨 일을 하기로 했는지 깨달았을 땐 이미 비행기 티켓을 끊은 뒤였다. 이유가 없는 여행, 나답지 않은 결정. 이런 것을 기행이라고 하던가.

좋은 인생을 살기 위해 먼 나라의 작은 도시에서 석 달이나 보낼 필요는 딱히 없다. 그래서 그런지 주변 사람들은 같은 질문을 던졌다.

"왜 치앙마이야?"

이 질문을 들을 때면 알고 있던 치앙마이의 멋짐을 나열하며 그곳에 가야만 하는 이유에 대해 떠벌리곤 했다. 다들 고개를 끄덕일 만한 이야기였지만, 곤란한 질문을 넘기기 위한 근사한 변명일 뿐이었다.

사실대로 고백하자면 치앙마이에 간 것은 '별 이유는 없고, 한번 살아볼만 할 것 같아서'인데… 그걸 입 밖으로 꺼내면 너무 실없는 인간처럼 보일

것 같아 마음속에 묻어둘 수밖에 없었다. 따지고 보면 '살아보기'라는 목적만을 위한 여행은 치앙마이가 아니라도 되는 일이었다. 지금 지내고 있는 서울도 나에게는 10여 년간 지낸 타지며, 그 점에서는 치앙마이도 다를 바 없었기 때문이다. 오히려 의사소통, 음식, 주거환경을 비롯한 모든 면에서, 서울에 사는 것이 훨씬 익숙하고 편했다. 내게 떠날 이유가 있긴 했을까?

모든 일에 이유가 있을 필요는 없지만, 그래도 거창하던 사소하던간에 그럴싸한 이유가 하나쯤 있으면 마음이 편하다. 결정하기 곤란한 문제를 만나더라도 "이건 이래서…"정도의 말로 적당히 자기 합리화 시키고 내면의 평화를 유지할 수 있다. 여기에는 이과생스러운 내 사고 방식도 한 몫 한다. 하지만 이런건 억지로 찾을 수도, 누가 가르쳐 줄 수도 없는 일이다. 못 찾았다며 떠나는 것을 무를 수 없는 일이기도 했다. '왜 치앙마이인가?' 비행기에 오르는 순간까지도 답을 찾지 못했던 물음이다.

그럼에도 불구하고 나는 떠나기로 했다. 꼭 여행 준비물 하나를 빼먹은 기분이 들면서도 한편으로는 못 찾고 떠나는 게 별일인가 싶었다. 3개월간 지내면서 찾을 과제로 남겨 놓고 가는 것도 재미있는 일이지. 그렇게 시시하다면 시시하고, 누군가에게는 배부른 소리일 수도 있는 생각을 잔뜩 하며 태국으로 향했다.

06

돈므앙 공항

이름도 낯선 '돈므앙' 공항과 방콕에서의 첫 기억.
도착한 바로 그날이 가장 고생하게 되는 날일 줄이야.
공항 앞 택시를 덥석 타선 안 된다는 사실은
어느 나라엘 가든 똑같은 것 같다.

결국 공항에서 2시간을 허비하고 겨우 숙소로.
헬로우, 사왓디캅!
사왓디카아…
(우왕좌왕 하다가
우버부르기 성공함…)

도착했다는 안도감도 잠시뿐, 너무나 피곤했다.
숙소 좋다…
근데 피곤하다…
켁

하지만… 하지만.
번쩍
희번뜩

이대로 힘이 빠진채 여행을 시작할 순 없었다.
걸신들린 유타쿠
HP 2/100
큭…
뒤틀린 율리
HP 1/100
그워얶…
펄럭

아직 우리에게는 저녁밥 이라고 하는
중대한 과업이 남아 있었으니…!!
RESIDENCE
근엄
진지
34
가자! 첫끼니를 해결하러!

배고픔이 피곤함을 이기는 순간이었다.
뭐 먹지?
태국느낌
확 나는거!

Smoking in this area is prohibited.
Fine 2,000 Baht
ห้ามสูบบุหรี่
ฝ่าฝืนมีโทษปรับ 2,000 บาท

돈므앙 공항의 택시 운전사들을 대하는 방법

'피할 수 없으면 즐기라'는 말은,
피할 수 있으면 피하라는 의미로 생각해볼 수 있다.
나에게 맞는 것을 찾아가면 될 일이다.

태국에 와서 가장 처음으로 만난 태국 사람은 돈므앙 공항의 택시 운전사들이었다. 냉혹한 협상가인 그들은 연봉협상 테이블에 앉은 인사 담당관마냥 굳고 단호한 표정으로 터무니없는 가격을 합리적이라 주장했다. 태국은 미소의 나라라는 이야기를 여러 번 듣고 온 터라 어리둥절할 수밖에 없었다. 오랫동안 열을 올려가며 이야기해봐도 소용없는 일이었다. 흥정보다는 선언에 가까웠고, 그렇게 몇명의 운전사들과 실랑이를 벌이다 결국엔 그냥 우버를 이용하기로 했다.

택시 운전사에게 상심한 것은 나뿐만이 아닐 것이다. 그런 이들 중 하나가 이탈리아의 학자 움베르토 에코다. 그는 택시 운전사들에게 얼마나 화가 났던 건지 저서《세상의 바보들에게 웃으면서 화내는 방법》에서 택시 운전사들의 성미가 고약한 이유에 대해 이야기했다.

> 택시 운전사는 온종일 다른 운전자들과 싸움을 벌이면서 차들이 붐비는 도로를 요리조리 헤쳐 나가는 일을 업으로 삼는다. 보통사람 같으면 심근경색이나 정신 착란을 일으킬 법하다. 그러다보니 신경이 날카로워지고 사람의 형상을 한 피조물은 무조건 혐오하게 마련이다.

책에 활자로 기록할 정도라니, 정말 여러 번에 걸쳐 대단히 실망했던 게 틀림없다. 그러고 보면 나도 이 글을 쓰고 있지만.

나는 택시 운전사들의 보편적인 행동방식에 대해 왈가왈부할 만큼 잘 알지는 못하지만 그날만큼은 에코의 이야기에 완전히 공감을 했다. 어쩌면 그의 방식처럼 단순하게 정의 내려버리는 것이 도움이 될지 모른다. 택시 운전사들은 애초에 아주 고약한 족속이라던가, 고약한 운전사들만 만났던 것이 우연에 불과한 일이겠거니 하고.

실랑이를 하고 나서야 깨달았던 것은 '맞지 않으면 지나쳐 가야 한다'는 사실이었다. 털이 곤두서 있는 고양이를 만났을 때를 떠올려보자. 그럴 땐 다정한 교감을 기대하기보단 자리를 피하는 것이 바람직하다. 티격태격할 시간에 어딘가 있을 기분 좋은 표정의 고양이를 찾아나서야 한다. 그날 공항 어딘가에는 기분이 좋은 운전사가 있었을 것이다. 돈을 주웠다던가, 하루 종일 신호를 정말 잘 받았다던가, 미모가 빼어난 승객을 만났다던가, 아니면 아무런 이유 없이도 기분이 좋았을 테지.

그 이후로 지나칠 수도 있는 문제는 억지로 해결하지 않기로 생각했다. 많은 일이 꽤나 쉽고 간단해졌고, 덕분에 기분 나쁠 일도 없었다. 사려고 집어든 옷이 사이즈가 안 맞다면 맞는 사이즈로 바꾸면 그만이다. 그래도 사이즈가 없으면 다른 어울리는 옷을 사면 된다. '피할 수 없으면 즐기라'는 말은, 피할 수 있으면 피하라는 의미로 생각해볼 수 있다. 나에게 맞는 것을 찾아가면 될 일이다. 돈므앙 공항에서 택시 운전사를 대할 때처럼.

07

조조 팟타이

공항을 벗어나기까지 아무리 힘들었다지만 첫 식사를 대충
때우고 싶지는 않았다. 우리 엄마는 언제 어딜 가든
잘 먹고 다니라고 하셨다. 아무튼 뭐라도 먹기 위해,
엄마 말 잘 듣기 위해, 저녁을 먹으러 나섰다.

헤나!
두리안!
망고~
꺽!
전갈꼬치…
꺽!
원피스,
티셔츠…
생과일
쥬스!
Hey~
마사지~
꾸욱꾹..
호객꾼들!
맛사지 받고가!
팟타이 먹고가!

그리고 맥도날드 앞 '조조팟타이'!!
McDonald's
jojo Padthai
EXCHANGE
JoJo Padthai

이날 먹은 팟타이는 후일 타쿠의
최고의 팟타이로 손꼽히게 된다.
팟타이 까이
(닭고기 팟타이)
스프링롤

역시 사람은 밥을 잘 챙겨 먹어야 해.
뭐야?!
후르릅
콸콸
먹으니까 힘이
돌아오잖나…?!!!

* 팟타이: 태국식 볶음 국수.

개인적으로 카오산로드는 복잡하고 정신없어서
두번은 안 와도 되겠다 생각했기에…
평화로워~
현지의 일상~
조용한
골목길 구경이
제일 좋아~
들썩
들썩
율리의
여행성향
(일본여행에서 제일 좋았던 곳: 동네골목)

맛있는 팟타이만 기억하기로 했다.
그래도 저녁은
맛있었어.
맞아!

08

카오산로드

조조팟타이 하나만 바라보고 온 '여행자의 거리' 카오산로드.
너무 많은 가게와 물건과 음식과 사람에 치이는
피곤한 거리로 기억될 수도 있었지만,
결국은 몇몇 상냥한 사람들의 얼굴이 더 기억에 남게 되었다.

느슨하게 풀어주는 친절을 만나기도 하고
~~- ~~!
(그 빈캔 여기 버려요)
코큰캅!
SILVER
ㅠㅠ
감동…!

작지만 강력크한 친절…
와따시 감동…!!
쭈얼
쭈얼
샥
헤이!
스윽

진짜 호객꾼 등장!
Hey! 팟타이! 맛있어! 먹어요!
팟타이! 먹어요!
You!
?!
50B
Pad Thai

작은 대화와 상냥한 얼굴들이
팟타이 머… 먹었어요!
← 놀라서 한국말 튀어나옴
?
아하?
Pad Thai

기억에 남게된 밤.
어디서 먹어써~?
←너무 자연스러움
호홍
움머…!
Pad Thai

아, 이래서 '미소의 나라'인가 보다.
마싸지~
시원해~
Do you know 조조팟타이?
ㅋㅋㅋ
아항
OK OK~
SAGE
태국…좋군.

미소의 나라

여기에 와서 문득 처음 보는 많은 얼굴들이
나를 향해 짓는 미소를 마주하게 되었다.
'안녕, 반가워' 또는 '이곳에 있어도 괜찮아'
라고 말하는 듯한 표정.

출국을 앞두고 되는대로 태국과 관련된 자료를 찾아보던 때였다. 수많은 사원이며 야시장 사진 가운데 어쩌다 눈에 뜨인 사진에서 한 여인이 나를 향해 해사하게 웃고 있었다. 금빛 머리 장식이 반짝이고, 노랗고 빨간 옷에 화려한 자수가 놓여있어 아름다웠다. 얼굴 옆에는 '태국, 미소의 나라 Thailand, The Land of Smiles'라고 쓰여 있었다. 태국 관광 슬로건 중 하나일 터였다. 되돌아보면 이 슬로건이 유난히도 기억에 남았던 것은 오히려 그것이 정말로 어떤 뜻인지 알 수 없었기 때문이었다.

여섯 시간 비행 끝에 도착한 방콕 돈므앙 공항에는 한적한 분위기가 맴돌았다. 조명마저 어둑어둑한 것이 한국 어디쯤 있는 시외버스 터미널 같다는 생각이 들었다. 그래도 드디어, 태국 땅에 발을 들였다는 사실만이 중요했다. 우리는 잠시 머리를 맞대고 방콕에서 하루를 묵어갈 숙소 위치를 재차 확인하며 전열을 가다듬었다. 좋아, 태국에서의 첫날이 이렇게 시작되는구나!

그런데 공항 밖으로 첫발을 내디디며 만난 태국의 얼굴은, 1,000바트(약

35,000원)가 훌쩍 넘는, 통상 가격보다 2~3배 높은 요금을 부르던 택시 아저씨의 천연덕스러운 얼굴이었다. "타세요, 타세요" 하며 서둘러 짐부터 트렁크에 넣으려 하던 택시 아저씨. 무심코 짐을 싣고 올라탔으면 별수 없이 바가지요금을 낼 뻔했다. 공항에서 시내까지 가는 택시비를 찾아두길 잘했다. '태국 땅을 처음 밟아본 티가 나는 건 알겠지만 그렇게까지 바보는 아니라구요.' 한국에서 미리 설치해온 콜택시 어플리케이션을 켰다. 슬프게도, 결국 그마저 제대로 쓰지를 못해 그 후로도 한참을 씨름하게 되기는 했지만.

후덥지근하다 못해 뜨끈하게 감겨오는 공기는 둘째 치고, 공항 플라스틱 의자에 앉아 하염없이 진땀을 빼게 되는 건 전혀 예상치 못한 상황이었다. 두어 번 더 다른 택시를 잡았지만, 여전히 어이없는 가격을 부르는 통에 흥정할 기분도 나지 않았다. 주위를 둘러봐야 도움 청할 사람이 기다리고 있는 것도 아니었다. 우리가 땀과 긴장감에 찌들어 푹 익은 숙주나물 꼴로 공항을 벗어난 건 장장 두 시간만의 일이었다.

원망 섞인 눈으로 멍하게 콜택시 창밖만 바라보고 있을 때 옆자리에 널브러진 타쿠가 웃으며 읊조렸다. "어떻게 그런 식으로 바가지를 씌우지? 미소의 나라라더니, 다 거짓말이야." 피실피실 웃다가 숙소에 도착했을 땐 이미 완전히 해가 넘어가 날이 깜깜해진 후였다.

그러나 태국이 내게 다시 '미소의 나라'로 다가온 건 바로 그날 밤이었다. 방콕에 단 하루밖에 머물 수 없었던 우리는 한시가 아까워 지친 몸을 이끌고 '카오산로드'로 향했다. 유명한 이 거리에는 어두운 밤을 잊게 하려는 듯 불빛이 번쩍이고, 가게마다 맥주를 마시는 여행객들이 가득 들어차 있었다. 상상했던 아기자기하고 정겨운 모습과는 달라 서둘러 팟타이를 먹고 돌아가 쉬자며 발걸음을 재촉하던 중이었다.

지나치던 길거리 옆, 쪼그려 앉아 있던 행상 여인이 우리를 불러 세웠다.

워낙 호객꾼이 많았던지라 '또 그런 거겠지' 하곤 지나치려는데 뭔가 느낌이 달랐다. '그거, 여기에'라는 손짓이었다. 타쿠가 어영부영 손에 쥐고 나온 빈 콜라 캔을 보고 '그거, 여기 있는 쓰레기통에 버리면 된다'는 손짓을 하며 웃고 있었다. 그냥 손님 잡기겠거니 생각했던 것이 조금 부끄러웠다. 아주 작은 친절이었지만 굳었던 마음이 사르르 풀어지기 시작한 건 그 순간부터였다. 아, 어쩌면 바로 이런 게 그 슬로건의 의미일까. 이곳 사람들 표정은 어딘가 다르다는 생각이 들기 시작했다.

그 수많은 얼굴 앞에서 예전 생각을 했다. 잠에서 덜 깬 멍한 머리로 출근 지옥철을 타던 기억. 그땐 나도 모르게 짜증이 나 눈살을 찌푸리곤 했다. 누가 밀치고 지나가기라도 한다면 그 등에 반드시 욕이라도 한마디 내뱉어주리라 다짐을 하기도 했다. 그러다 주위를 둘러보면, 모두 나와 같은 얼굴들이었다.

친구들 여럿이 한자리에 모이면, 어느 늦은 밤 집으로 돌아가던 버스 안에서 갑자기 눈물이 쏟아지더라는 이야길 하곤 했다. "나도 그랬어." "나도 그런 적 있어." 아침 전철 안의 찌푸린 얼굴과 밤 버스 안의 눈물로 흘러가는 날들이 우리의 날들이었다. 이유는 잘 몰랐다. 그럴 땐 그저 "힘들어서 그래" 위로하고 "건강 잘 챙겨야 해" 인사한 후 각자 집으로 흩어질 뿐이었다.

그런데 여기에 와서 문득 처음 보는 많은 얼굴들이 나를 향해 짓는 미소를 마주하게 된 것이었다. 무뚝뚝할 것 같던 좌판 아저씨와 눈이 마주쳤을 때, 그 억센 얼굴 위로 싱긋 미소가 번지던 순간. 고양이를 쓰다듬는 나를 향한 할머니의 얼굴 위, 살며시 번진 미소를 마주하던 순간. '안녕, 반가워' '이곳에 있어도 괜찮아'라고 말하는 듯한 표정. 꿍꿍이 없이 자연스러운 미소가 마치 맑은 공기처럼 얼굴 위에 퍼지는 느낌. 이곳에 오고 나서야 나는 알게 된 것이다. 오기 전에는 알 수 없었던 슬로건의 뜻을. 모르는 사람을 미소로 맞아주는 나라에 왔다는 사실을.

Spring Roll (for 2 piece)
彈簧卷 （2件）
70.-
50.-
Pad Thai + Egg
+ 雞蛋 + 蝦 + 雞
+ Egg + Shrimp
Chicken
70.-
50.-
50.-
30.-
20.-

09

툭툭

어두워진 밤거리를 달리던 툭툭.
이렇게 심장 쫄깃해지는 탈것은 롤러코스터 이후 처음이었다. 혹시 우리가 흥정을 너무 끈질기게 해서
화가 나셨던 건… 아니었겠지?

* 툭툭: 오토바이처럼 생긴 2-3 인승 미니 택시.

그리고 그날밤 율리와 타쿠는 알게된다.
흠흠
이게 바로 툭툭!!
부릉…
출발 합니다

툭툭이 롤러코스터가 되던 순간을
?!!!!
부와아앙
휘익!
히엑!
슈팟

안전장치 없이 흔들리던 공포를!!
덜컹
덜컹!!!
덜컹
손…! 놓치지 말게…!
무-력…
쏴-쏴-쏴-
콰악…
사… 살고 싶엇…!
꽉
미끌!
미끌!
휘이익

슈파팟
휘익
(마음의 소리) 아악
끼요오오오
부아아앙

그렇게 빠르게 숙소로 돌아올 수 있었다.
야호!
100바트! 코쿤캅

아아, 익사이팅 타일랜드여.
P&R
Bye~
부앙~
내일은… 그… 택시 타자…
끄덕
응…
후우…
터덜
터덜…
제법 무서웠어

아침산책

햇빛이 골목 사이사이로 스미기 시작하는 시간.
평일에는 책상 앞, 휴일에는 이불 속에서 보내던 시간이다.
발 닿는 대로 어슬렁거리며 지나친 골목길 풍경은
때론 유명한 관광지보다도 더 오래 마음에 남는다.

오늘 아침엔 세련되고 멋진 식사보다는
카페 테라스에서 브런치~
오오… 멋있다…
?.?
왓

현지 주민 흉내를 내보기로 했다.
저기가 로컬 맛집이라고 내 직감이 말하고 있어
흐으음~ 그래?
츄릅…

메뉴를 골랐을 뿐인데 두근두근.
마이쪄!
후후… 고녀석 잘 먹네
고수(팍치)와의 인연 시작.
돼지고기가 들어간 죽. 닭죽맛이 난다.

길냥이를 만났을 뿐인데 두근두근.
어흑 귀여워
야 너 가방에 뭐 좀 없냥
뒤적
…

날 좋고, 배부르고, 고양이까지 쓰다듬으니 행복의 3요소 두루 갖추었네.
이게 바로 행복이야!!
야. 먹을 거 내놔보라고. 야.
퍽
퍽
퍽

오늘의 두근두근 아침산책은 여기까지.
이제 가자 뉴루야~
야옹아! 안녕! 건강해라! 보고플거야!
흥.
질 질 질

11

쏨분 씨푸드

'뿌'는 게, '팟'은 볶다, '퐁'은 가루. 그래서 뿌팟퐁커리!
너무 큰 기대를 품었다 그만 맛있는 뿌팟퐁커리를
맛있게 먹지 못했던 슬픈 이야기.
언젠간 반드시, 다시 먹고 말거야.

빼놓을래야 빼놓을 수 없다.
대기 번호… 아직인가…!
어서 불러줘!
배고프다
빨리
배고파서 사나워지려 하는군.
쓰다듬어 주자.

땡모반(수박쥬스)
율리 CHOICE
게살볶음밥. 커리랑 비벼먹으면 꿀맛!!
망고 프라페
타쿠 CHOICE
새우튀김볼
뿌빳퐁커리
(게를 넣은 커리)
껍질까기는 귀찮지만 맛있다!!

하지만 너무 기대했던 탓일까
여행 초반이라 긴장했던 탓일까.
냠냠
나는 지금 맛있는걸 먹는다!
냠냠
씹자!
쩝쩝
우물
이것은 맛있다!
먹자!
매장이 좀 어수선하군!
우물
맛있는것 같기도 하고?
배탈 자주 나는데… 이거 먹고 배아프면 어떡하지?
우물
맛있어야 해!

정신 없이 먹고 났더니
다 먹었다.
먹긴 먹었는데…

충분히 즐기지 못했다는 생각이 들었다.
분명히 맛있게 먹었던 것 같긴한데
어떤 맛이었는지 기억이 안 나…

느긋하게 즐겁게, 다음부턴 힘 좀 빼야지.
크윽… 지금 다시 생각해도 후회가 된다!!
다시 먹고파…!!
흑
흑 흐윽
왜 울지? 배고픈가?

12

왓 아룬

방콕에서 갔던 단 한 곳의 유적지 '왓 아룬'. 날이 저물고
불이 켜지던 순간을 잊고 싶지 않아서 한참을 가만히 바라봤다.
한낮도 좋겠지만 새벽, 아침, 저녁나절에
가장 아름다운 곳이다.

*탑 관람은 18시까지, 사원 관람은 17시까지.

??
…음? 말유 챠이니즈~?
노…노우!
코리안!!

?!!
오우~코리안!! 웰컴~!!
← 아마도 그냥 인사를 하는줄 아셨던 모양
← 아마도 항상 두는 것인 모양
…?!! 땡…땡큐!!
일단 다행이다
세이프…

찰칵
예쁜 도자기 타일들!
알록달록…
찰칵
귀여운 불상들!
꽃문양..

생각보다 더욱 아름다웠던 왓 아룬.
정말… 정말 크다…!
멋있어…

그리고, 운 좋게도 목격한 순간.
팟—
우와앗
여기서 구경 중

잊지못할 왓 아룬의 저녁나절이었다.
멋진 저녁이야.
잊지 말아야지.

13

나콘차이에어

방콕에서 치앙마이까지 장장 9시간을 타고가야 하는
야간 버스. 에어컨 때문에 얼어죽을뻔 했다거나,
너무 흔들려서 멀미가 난다는 후기들을 읽고
긴 여정을 도와줄 담요며 멀미약까지 챙겨왔지만.

그리고… '이래도 모자라? ☺' 라는 느낌으로 먹을걸 준다.
과자 1 (짠맛)
물
콜라
HOT DOG
우유
핫도그
과자 2 (단맛)

자리를 잡고 눈 좀 붙여볼까? 했는데…
잘 놀고 있군. 난 좀 자볼까나
초집중
후우…
앵그리 버드

그랬는데…
잘 자~
응… 쿨쿨
P.M. 10:30

눈 떠보니 도착하기 30분 전…?!!
잉…?
잘잤나
A.M. 5:45
7시간 넘게 자버렸다.
(타쿠는 못 잤다.)

출발할 때 틀던 CM송 아직도 틀고있어?!
저것 땜시 악몽꾼듯
나나나나나 나~나~ 나콘차이에에어♪ 앗~흥↗~ 나나나~
그만 듣고싶어.
저 노래… 이제 제발 꺼줬음 좋겠다…

그렇게, 태국 북부의 꽃 치앙마이에 도착!
Chiang Mai
찰칵
인증샷 찍자.
또…차쿠…
A.M. 06:15

Check in
20 บาท
นครชัยแอร์ @ เชียงใหม่

홈, 스윗 홈

멀고 먼 치앙마이까지 와서 얻은 집은 타쿠에게는
열 몇 번째 자취방이었을지 모르나 내게 있어서는 스스로
얻은 첫 집이었다. 꼴랑 세 달짜리 렌트룸이라곤 해도.

두 살 터울의 오빠와 나는 중고등학교 시절을 쭉 시골에 있는 대안학교에서 보냈다. 그 사이 부모님은 아예 그 근처 동네에 터를 잡고 집을 지으셨다. 어무니는 진작에 이 시골집으로 내려가셨는데 아부지는 곧 퇴직을 하고 내려갈 거라 하시더니 조금만 더, 조금만 더 하며 십 년이 넘도록 서울집과 시골집을 왔다 갔다 지내고 계신다. 그러다보니 나 역시도 두 집을 번갈아 가며 지낸지 어느새 십 년이 훌쩍 넘었다.

시골집에는 어무니와 삼색 고양이 구슬이(밥 먹으러만 집에 들어오는 냥아치)가 살고, 서울집에는 할머니, 아부지, 오빠와 내가 산다. 서울집은 신혼부부들이 많이 살고 있는 오래된 복도식 아파트다. 네 가족이 살기에는 좁다란 집이라 한 명은 마루에서 자야 한다.

우리 할머니는 '깔끔한 게 세상에서 제일 좋다'는 신조를 가진 분이다. 나는 항상 방바닥에 떨어뜨려둔 머리카락이나 버리지 않은 과자봉지 때문에 혼이 나곤 한다. 그럴 때면 "항상 치우는데 오늘만 못 치웠더니~"라느니, 적당한 말로 둘러대며 미꾸라지처럼 집을 빠져나온다. 대학교를 다니느라 서울집으로 올라온 이후 십 년 동안 할머니와 살며 터득한 비법. 아무래도 내 세상의 평화를 지키려면 집에 붙어있을 수가 없다. 재작년쯤부터는 '애인 있는 결혼적령기 손녀'라는 타이틀까지 붙어 결혼 공격이 들어오기 시작했기 때문에 한층 더 부지런히 집에서 빠져나와야만 했다.

그러다보니 자취, 자립, 노래를 부르곤 하는데, 그런 나를 보며 타쿠는 '쯧쯧, 우매한 자여. 뭘 모르는군'이라는 표정을 짓기도 했다. 하긴 자취 10년 차인 사람 앞에서 밥솥을 열면 밥이 있고 수도에서 따뜻한 물이 퐁퐁 나오는 내 이야기는 배가 부르다 못해 터져버릴 듯한 소리긴 하겠지만. 그래도 말이야, 백만장자에게도 나름대로 고충은 있을 거잖아. 하여간 아등바등 사느라 고생 많은 사람들은 이유를 불문하고 고생이 많다고 어깨를 두드려줘야 한다. 하는 김에 내 어깨도 누가 좀 두드려줬으면 좋겠고.

하지만 세상은 한가하게 한 사람 한 사람에게 상냥한 격려와 호의를 베풀지는 않는다. 이 각박한 서울에서 집을 얻어 지내려거든 지붕 아래 잠자는 이유만으로 다달이 사오십만원씩을 지출해야만 한다. 돈을 떠나서도, 자취라는 큰 결정을 하기가 겁이 나 차일피일 미룬 것이 어느덧 10년이 되어버린 탓도 있다. 자취, 자립 노래를 부르기는 했지만, 한편으로는 그러고 싶은 기분쯤에서 그쳐야만 한다고 여기고 있었다.

나는 서울을 떠나서야 나만의 공간을 가질 수 있었다. 치앙마이에서 지낸 그 집은 잠시 묵어가는 여행 숙소와 아늑한 내 소유의 보금자리 사이 어디쯤엔가 있었다. 몇 달뿐일지언정 비교적 저렴한 생활비로 삶의 질을 올려볼 수 있는 집. 아침이면 밥을 차려 먹고 저녁이면 돌아가야 하는 곳. 하얀 벽과 큰 창문으로 보이는 풍경이 마음에 들었던 작은 공간. 나와 타쿠는 자유로움이 깃털처럼 두둥실 떠오르던 그곳을 우리의 집이라고 불렀다.

그렇게 멀고 먼 치앙마이까지 와서 얻은 집은 타쿠에게는 열 몇 번째 자취방이었을지 모르나 내게 있어서는 스스로 얻은 첫 집이었다. 꼴랑 세 달짜리 렌트룸이라곤 해도 몇 년 동안 벌어 모아둔 돈, 통장에 고스란히 넣어뒀던 퇴직금에서 떼어낸 '내가 번 돈'으로 꼬박꼬박 월세를 냈으니까. 비록 집을 얻으러 다니던 이야기를 하자면 고생길을 걸었던 집 구하기 첫 날의 기억부터 떠오르지만 말이다.

치앙마이에 갔던 경험이 있는 몇몇 친구들은 외국에서 집 구할 생각에 미리부터 고민하던 내게 '집은 너무 걱정 마라, 삼사일이면 다 구한다'는 조언을 해줬었다. 하지만 이미 겁을 먹은 사람에게 어지간한 위로는 가닿기 힘든가 보다. 친구들 이야기에도 걱정이 사라지지 않던 차에, 집 찾기 첫 날 성적은 영 좋지 않았다. 단 하루 만에 불안과 위기감에 휩싸였던 건 소심한 우리에겐 당연한 일이었다고나 할까. 결과만 두고 보자면 '치앙마이에 도착한 이튿날 오후에 집을 구함'이라는 빠른 성과를 얻었으니, 결국 친구들 말이 다 맞기는 했지만 말이다. 그때 기억을 떠올리면 한창 햇볕이 따가운 한낮에 땀을 뻘뻘 흘리며 발품을 팔다 카페에서 떡실신을 했던 첫 날이 떠오르고, 참 아무 것도 몰랐다 싶어서 웃음이 난다.

참, 덤으로, 이제 와서 이야기지만. 실은 그 힘들었던 이틀 사이에 집을 얻은 것보다 더 다행이라고 느꼈던 것이 있었다. 다른 무엇보다도, 피곤함과 긴장, 걱정 속에서 타쿠와 말다툼 한 번 없이 집을 구했다는 점이었다. 주거 공간에 유독 깐깐스런 자취 경력자 타쿠와, 집이 좀 모자라도 오히려 추억이 된다는 속 편한 성격인 나. 서로 너무 다른 기준을 가지고 있던 우리였다. 그래서 나 혼자 세운 집 구하기 제1 목표는 '좋은 집을 잘 구하기'보다도 '오손도손 잘 구하기'였다는 사실. 그날, 내 속마음을 알았는지 몰랐는지, 타쿠는 그 나름대로 세워둔 목표를 가지고 집을 잘 찾겠다는 사명감 속에 활활 불타오르고 있었지만 말이다.

집 구하기 1: 집 찾기 시작

치앙마이에 도착하자마자 뛰어들었던 첫 미션!
지명도 낯설고 물가도 감이 없던 나와 타쿠, 일단 게스트하우스 밖으로 나와
집을 구하기 시작했다. 한창 성수기였던 치앙마이에서 집 찾기,
마치 3일처럼 길었던 하루.

*3박 4일 단기숙소에 머무르며 집을 찾을 계획이었다.

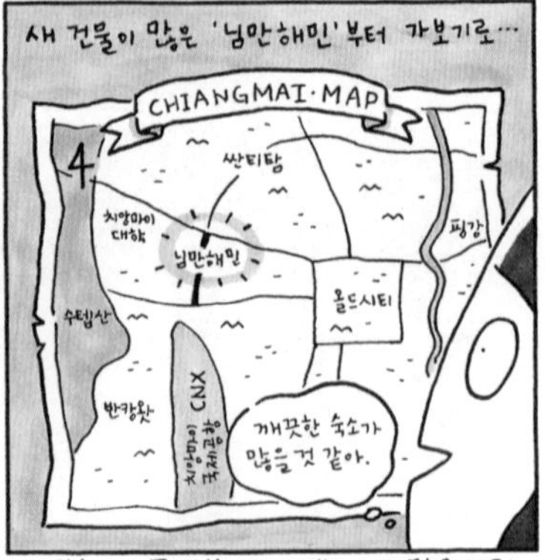

*님만해민: 편집샵, 카페, 갤러리가 많은 거리.

첫날이라 날씨감각도 없었기 때문에
땡볕 아래서 일단 걷기 시작했다.
더울텐데…
가즈아~
죠아! 간닷!

괜찮아보이는 숙소가 있으면 바로 문의!!
좋아보이는군!
엄… 위 아 룩킹 포…
어 룸… 포 쓰리먼쓰…!
OK kra~

하지만 깨끗하고 안전해보이는 숙소들은…
HIGH PRICE!!
월세 ฿25,000
약 85만원
이… 이상하다 생각보다 넘모 비싸
다른데도 가보자
쑥덕
쑥덕

몇시간을 돌아다녀봐도 상황은 비슷했고
비싸!
반복
우리랑 안 맞아!
반복
(성수기라서) 방이 없어!
반복

뜨거운 날씨에 지쳐 녹초가됐다.
TOM N TOMS COFFEE
이미쥬금
(에어컨 있는 카페에서 떡실신)
죽게따
P.M. 02:30 기절

우리에게 필요한 건… 새로운 작전이었다.
이대로는 안돼…
내일은 다르게 움직여야해.
앱!

15

집 구하기 2: 작전 변경!

라운드 2. 집 구하기 설욕전의 날이 밝았다.
땡볕에서 잔뜩 고생했던 어제를 반복하지 않겠다는 각오로
열심히 찾은 희망 숙소 리스트! 하지만 마지막 한 곳이
남을 때까지 마음에 쏙 드는 곳을 만나지 못했던 우리.

* 각 방마다 주인이 있어 직접 벽보를 보고 연락해야 했다.

집 구하기 3: 운명적 만남, 계약

결국 집을 구할 수 있게 도와줬던 건 인터넷 리서치, 발품, 인복, 불쌍한 척… 앗, 그리고 예산 한도를 조금 늘리기로 했던 결정이었다. 운이었는지 운명이었는지 모르겠지만 중요한 건 무사히 집을 얻었다는 사실.

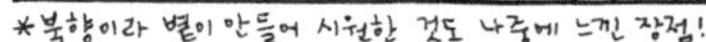
*북향이라 볕이 안 들어 시원한 것도 나중에 느낀 장점!

D

17

집 구하기 4: 집 구하기 팁

환상처럼 여겼던 '외국에서 살아보기'. 정작 해보니
'어? 생각보다는 할 만한데? 하니까 되네?' 싶었다.
앞으로 살면서 고를 수 있을 선택지가
몇 개 늘어나는 것 같은 기분도 들고.

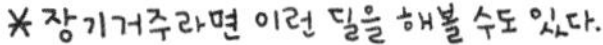
* 장기거주라면 이런 딜을 해볼 수도 있다.

* 퇴실일에 보증금을 바로 받을 수 있는지 체크!

내가 살던 집

요컨대 나에게 치앙마이의 여유로움이란
내가 살던 234/790호실에서 시작된 셈이다.

소라게들은 자신에게 꼭 맞는 집을 평생 찾아다닌다고 한다. 완벽한 껍데기란 비오는 날 마른장작을 찾는 것과 같아서 이 껍데기, 저 껍데기 옮겨다니는 게 일상이다. 가끔은 껍데기를 두고 치열하게 싸우기도 한다. 불행히도 마땅한 소라껍데기를 찾지 못한 소라게들은 플라스틱이나 유리병 또는 플라스틱 뚜껑을 집처럼 삼고 지낸다. 소라껍데기에 살지 않는 소라게를 별도로 지칭하는 말은 없지만, 유리병게라든가 아니면 플라스틱 뚜껑게라고 불러야만 할 것 같다. 귀여우면서 한편으로는 애처롭다.

부산이 고향인 내 타향살이도 소라게와 다르지 않았다. 열아홉 끝 무렵 서울 노량진의 조그마한 하숙집이 내 첫 번째 소라껍데기였다. 나는 침대, 옷걸이, 책상이 하나씩 있는 1인실 크기의 방을 친구와 나눠썼다. 침대와 바닥을 번갈아가면서 잠을 잤고, 작은 옷걸이에는 포도넝쿨처럼 옷가지들이 주렁주렁 매달려 있었다. 그 이후로 창문조차도 없는 고시원, 내 나이보다 오래된 침대가 인상적이었던 4인실 기숙사, 바닥에 앉을 자리가 없었던 원룸 등 여러 곳을 돌아다녔다.

결핍이 오래도록 고여 있으면 마음속에 맹목적인 결심이 맺힌다. 더 좋은 공간에서 지내고 싶다는 꿈. 10년이 넘는 타향살이가 만들어낸 그 꿈은 내 안에 깊게 뿌리내렸다. 여기에는 조금 집요한 구석이 있어서 적당히라는 게 없다. 집을 구할 때면 나는 〈스펀지밥〉의 깐깐징어가 된다. 나 자신의 깐깐함이 스스로를 피곤하게 만든다. 그래서였을까. 치앙마이행을 준비하며 가장 신경 썼던 것이 집이었고, 가장 힘들었던 때가 집을 구하던 때였고, 가장 기뻤던 순간이 집을 계약한 순간이었다.

누구나 이런 이야기 한 번쯤 들어보지 않았으려나. 지인의 친구의, 친구의, 아는 사람 정도가 등장하는 이야기. 이 미스테리한 인물은 말하자면 '엄마 친구 아들' 같은 존재다. 그들은 수억 원을 들고 동남아 어딘가에 이민가서 네로 황제처럼 호사를 누리고 있다고 한다. 풀빌라에서 가정부 몇 명을 거느리며 손가락 까딱않고 살아간다는 그들의 이야기는 부러움을 넘어서서 현실이 아닌 것 같다.

율리와 함께 지냈던 d'condo 234/790호실은 황제의 아방궁에 빗대기는 어렵지만, '가격 대비'라는 말을 빼놓고 보더라도 충분히 멋진 곳이었다. 북향이라 뜨거운 햇빛이 방에 직접 들지 않아서 더운 날씨에도 시원하게 보낼 수 있었고, 가장 높은 층에 위치해 하늘이 넓게 펼쳐졌다. 게다가 새하얀 침구가 깔려 있는 푹신한 침대에 걸터앉으면 창문 밖으로 시원하게 펼쳐진 수영장이 내려다 보였다.

침대뿐만 아니라 세탁기, 온수기, 전자레인지, 쇼파, 식탁, 식기 등 생활에 필요한 모든 게 다 갖춰져 있었다. 집주인 미스터 요Yo의 센스였는지는 몰라도 하얀색으로 깔맞춤된 인테리어도 흡족했다. 심지어 인터넷도 빨랐다. 풍요 속의 빈곤이라고, 그나마 아쉬웠던 것이 식탁이 조금 작다는 점이었다. 그마저도 우리의 최소 한도는 만족시키는, 노트북을 마주 펴더라도 뚱

뚱한 고양이 한 마리가 앉을 만큼은 남을만한 크기였지만.

서울에서는 찾지 못했던 작은 원더랜드였다. 동시에 치앙마이에 스며들기 위해 필요한 베이스캠프였다. 맛있는 음식, 시원한 마사지, 멋진 카페에서 보내는 시간들이 값질 수 있었던 것은 마음을 편하게 가질 수 있는 집이 있었기 때문이었다. 요컨대 나에게 치앙마이의 여유로움이란 내가 살던 234/790호실에서 시작된 셈이다.

딱 맞는 껍데기를 찾은 소라게는 다른 소라게보다 성장이 빠르다. 나는 딱 맞는 껍데기를 찾은 소라게의 기분을 알 것만 같았다.

18

놀기만 하면 되는 날

오늘 하루 반드시 하기로 마음먹은 일이
'가장 잘 노는 것'이라면
어떤 하루를 보내는 게 좋을까.

집을 해결하느라 바빴던 날들을 뒤로하고
←흰우유
[몬놈솟 토스트]
단짠 단짠한 맛이다.

느긋한 시간을 보내면 되는 하루.
[리스트레토 Ristr8to]
CHEERS!
여유
여유
라떼아트 세계 챔피언이 있다는 유명한 카페.
라떼가 깔끔하게 맛있다.

지도만 보고 모르는 공원에 가보기도 하고
노숙자가!! 공원에 노숙자가 나타났다!!
찰칵
찰칵
[Princess Mothers Health Garden]
나중에 찾아보니 이런 이름이었다.
계획에 없었지만 평화로웠던 시간.

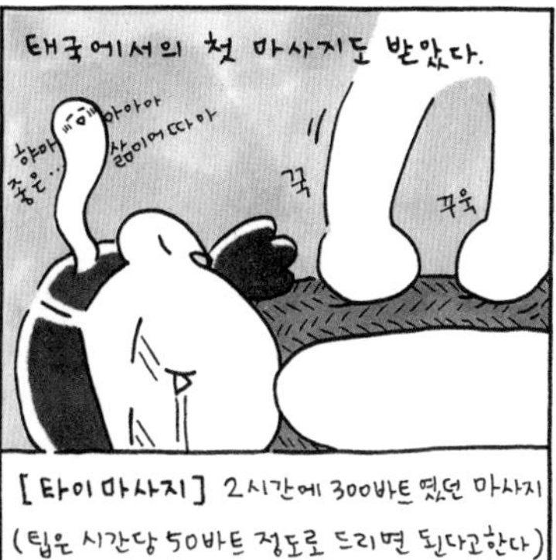
태국에서의 첫 마사지도 받았다.
하아 좋은…
아아아 삶이여따아
꾹
꾸욱
[타이 마사지] 2시간에 300바트였던 마사지
(팁은 시간당 50바트 정도로 드리면 된다고한다)

이런저런 이야기를 나누다보면
그거 알아? 우리 태국에 온지 아직 4일밖에 안됐다.
진짜네… 곱절은 있었던 듯 한데.
ㅋ
ㅋ

어느새 하루가 금방 저문다.
빠이
매일 모든게 다 새로워서 하루에 이틀을 산 것 같은 기분이 드나 봐.
그런걸까나 ~

RISTR8TO
SPECIALTY COFFEE CRAFTER
www.ristr8to-coffee.com
3. HULLING
DRYING
4. GRADING

19

위스키

짧은 여행이라고 했을 때 퍼뜩 떠오르는 한 잔이
시원하게 들이키는 맥주라고 한다면 긴 여행에 어울리는 술은 뭘까?
그에 대한 타쿠의 대답은, 큰 얼음 위에 조금 따라서
천천히 마시는 향기 좋은 위스키였다.

그리고… 위스키야.
위스키는 말이지~
WHISKEY
헤헤.

영화에서는 주로 이렇게 나오지.
한잔하겠나?
온더락으로.

술 한 잔에 시작되는 중후한 멋과 향!
것참, 맛깔나게도 마시는구만!
좋은 술이군
타쿠 후리랜서 디자이너
어떨지 궁금하더라니깐.

그리하여 입주일 저녁 위스키를 개봉,
경 위스ㅋ 첫구매! 축
하나
두울
세엣
찰칵!

가끔 한잔씩 나눠 마시는 것이
새로 시작한 작은 사치라는 이야기.
Whiskey &
Chocolate!

마시며 나누는 이야기들은 덤이고 말이다.
여기 와서 제일 좋았던 점이 뭐야?
음~나는 말야…

JOHNNIE WALKER
Blue Label
BLENDED SCOTCH WHISKY
DON'T TREAD ON ME

20

디지털노마드

프리랜서로 자리잡지 않은 채 떠나온 터라 반쯤 포기했던
디지털노마드라는 로망. 그런데 타이밍 좋게 받게 된 일거리,
치앙마이에서 노트북을 펴고 앉아서 일을…
어? 지금 우리 디지털노마드인 것 같은데?

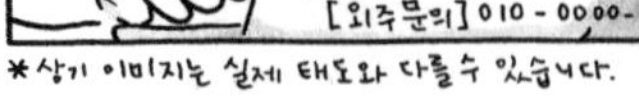

* 유목민처럼 이동하는 삶을 살며 일하는 사람들

디지털노마드의 성지

배스킨라빈스에서도 그 많은 아이스크림들 중
한두 스푼 정도는 미리 맛볼 수 있게 해주지 않나.
말하자면 디지털노마드 맛보기판,
외국 살이 한 계절 예행연습이라고 생각하기로 했다.

대학에 가서 디자인을 공부하려고 마음먹었던 건 고등학교 2학년 때였다. 교과서에는 언제나 필기가 아닌 낙서가 가득했다. '이런 내가 밥 벌어먹고 살려면 그림으로 돈을 벌어야 할 텐데. 그러려면 순수미술보다는 디자인이 나을 거야'라는, 단순하면서 조금은 현실적인 계획을 세워 전공을 선택했다. 그리고 그 선택으로 결정된 미래의 방향은 이후 나의 10년을 바꿔 놓았다. 이십대의 절반은 대학에서 디자인 공부를, 나머지 절반은 회사에서 디자인 일을 하며 보내게 되었으니 말이다.

그렇게 디자이너의 이름으로 살며 열심히 회사를 다니던 중, 환상의 직업처럼 회자되는 이야기를 들었다. 장소에 구애받지 않고 일을 하며 세계를 떠돈다고 하는 그 이름은 '디지털노마드'. 디자이너는 프로그래머나 다른 몇몇 직업과 함께 디지털노마드로 일하는 사람이 많은 대표적인 직업이었다. 노트북과 인터넷이 있으면 일할 수 있고 새로운 트렌드에 민감하기 때문이려나.

그럭저럭 잘 다니던 회사를 그만둔 타쿠와 나는 좋은 말로 프리랜스 디자이너, 나쁜 말로는 반백수가 되어 있었는데, 이런 상황에서 우리가 치앙마이에 떠날 생각을 하게 된 것은 '노마드리스트'라는 웹사이트의 공이 컸다. 노마드리스트nomadlist.com의 첫 화면에는 디지털노마드들이 가장 일하기 좋은 도시들이 추천순으로 뜬다. 생활 비용, 인터넷 수준, 레저 요소, 안전 등으로 평가 되는 이 리스트는 '좋은 여행지'라기보다는 '좋은 일터'를 알려주는 리스트다.

그 '일하기 좋은 도시' 리스트의 상위 랭크, 아니, 아예 디지털노마드의 성지로 불리는 위상을 가진 곳이 바로 태국, 치앙마이였다. 우리는 돈이 되는 외주 작업이 되었든 돈이 안 되는 개인작업이 되었든 디자이너로서의 일을 이어나가야 하는 상황이었다. 디자이너가 일하기 좋다는 환경을 갖춘 외국 도시에 관심이 가는 것은 그리 놀라운 일도 아니었다.

디지털노마드가 되자는 대단한 결의가 있었던 것은 아니다. 둘 다 안정적인 프리랜서가 아니었기 때문에 당장은 일이 없을 거라는 걱정이 많던 때였다. 그래도 괜찮았다. 여기서도 일이 없을 거면, 거기 가도 괜찮지 않을까 싶었다. 배스킨라빈스에서도 그 많은 아이스크림들 중 한두 스푼 정도는 미리 맛볼 수 있게 해주지 않나. 말하자면 디지털노마드 맛보기판, 외국 살이 한 계절 예행연습이라고 생각하기로 했다.

그러다 운이 좋다면 일이 들어올 수도 있을 것이고, 일이 없으면 개인 프로젝트를 하면 되지. 가볍게 마음을 먹었다. 치앙마이에 가져갈 짐 1순위로 노트북을 챙겼다. 그 정도면 일을 하기 위한 최소한의 준비는 한 셈이었다. 게다가 일하기 좋은 곳이라는 말은, 곧 살기 좋은 곳이라는 뜻이기도 했다. 우리는 그다지 잃을 것이 없었다.

그래서인지 치앙마이에 도착해 집을 구한 후 외주를 한 건 하게 됐을 땐 뜻밖의 행운이라도 만난 것 같았다. 새 집에 짐을 풀어놓은 직후였고, 그야

말로 마법 같은 타이밍이었다. 일주일 만에 마감을 쳐내야 하는 단기간 프로젝트. 그다지 큰 건은 아니었지만 기분이 들떴다. '내가 태국에 와서 일을 하고 있어!' 마법이 풀리기 전, 그러니까 일을 마감하고 다시 반백수가 되기 전까지 일주일간은 그런 뿌듯함을 실컷 즐길 수 있었다.

물론 예상대로 행운의 마법은 일주일 만에 풀렸고 그 이후 이어지는 외주 작업은 없었다. 하지만 또 그 덕분에 나는 꾸준히 만화 일기를 그렸고 타쿠는 오랜 숙원사업인 포트폴리오 사이트 작업을 마칠 수 있었다. 초반에 들어왔던 그 한 건의 일 덕분에 새로운 곳에서의 생활 패턴이 자리를 잘 잡았고, 자칫 게을러지지 않고 쭉 작업자의 생활을 이어나갈 수 있었던 것이다.

'일이 있으면 하고, 없으면 내 작업을 하고, 이도 저도 안 되면 잘 놀고'라는 계획은 훌륭한 계획이었다. 이래도 좋고 저래도 좋다는 느슨한 계획은 잘만 사용하면 오히려 무적이다. 틀어질 가능성이 없다. 일을 하면 행운, 개인 작업을 하면 이득, 놀게 되어도 괜찮은 계획. 그저 무엇이든 열심히 오픈 마인드로 임하기만 하면 된다. 더 놀지 못해 아쉬울 것도 더 일하지 못해 아쉬울 것도 없는 느슨하고도 알찬 날들이었다.

21

개미와의 전쟁

게스트하우스에서도 우리를 한 번 놀래켰던 개미는
치앙마이 어디에서나 만나기 쉬운 존재. 바퀴벌레가 곳곳에서
툭툭 튀어나오지 않는 걸 다행으로 여기기로 했다.
그렇다고 같이 살겠다는 이야긴 아니지만.

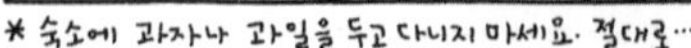

이 집...

역시 개미가 있었다.
...!
뀨!
새 입주자? 반가워용.
ANT 285

선량한 개미친구들에게 잘못은 없지만
790호 긴급대책회의
의제: 개미소탕작전
빵을 약탈할지 몰라...
물 수도 있고말이지...
방까지 침략...
평화는 어디에...
대책을...

공존할 수는 없으므로...
FRUIT
SNACK
BUGS
척
척
척

가장 확실한 방법을.
도와줘요 개미약!!
푹
짝 짝
짝 짝 짝

치앙마이, 개미 안전지대는 없나보다.
미안...
파티다~
와~
먹을거다~

22

한여름의 크리스마스

달력은 12월 25일을 알리고 있는데,
바깥에는 여름 햇살이 따끈따끈?
처음으로 맞게 된 한여름의 크리스마스 이야기.

어떤 옷을 입고 오시는 걸까.
호우호우호우!
메리 크리스마스!

앗! 그러고보니 태국은 '화이트 크리스마스'일 가능성도 없는 거구나…!
?
오호라!
I'm~ Dreaming of a White~ Christmas~

당연하다 생각한 것이 당연하지 않은 곳.
자꾸 보니까 평범하네.
그렇게 생각하니 특별한 것 같다.
Jingle Bells
Jingle Bells

추워서 움츠릴 필요 없는
따뜻한 크리스마스 너무 좋다!
-MENU-
주문할게요
캅~

한여름, 썸머 크리스마스.
아이스 타이티~
나는 아아!

뜨거운 12월의 하루가 지나간다.
메리 크리스마스!
메리 크리스마스!
짠!

MERRY
Christmas

일과 나만 남은 삶

'외국에 있어서…'로 말을 시작하는 것은 마법 같다.
이 말은 "외국에 있어서 만날 수 없습니다" 또는
"외국에 있어서 연락이 어렵습니다" 같은 방식으로 사용할 수 있다.

나는 일 하는 것을 좋아하는 편이다. 먹고 자는 시간을 제외하면 대부분의 시간을 일하면서 보낸다. 밥 먹고, 일하고, 잔다. 지루할 만큼 단순한 패턴이다. '재미없는 남자'라는 말을 가끔 듣기도 하지만, 나는 그 안에서 나름으로 재미를 찾고 있기 때문에 전혀 불만이 없다. 치앙마이에서 보낸 하루도 한국에서 지낼 때와 비슷하게 흘러갔다. 주말마다 율리와 함께 시내를 돌아다녔던 것도 혼자 왔더라면 절반 이하로 줄었을 것이 분명하다.

치앙마이의 일상에는 사소하면서도 큰 차이점이 있다. 자질구레한 많은 것들에서 자유로울 수 있다는 점이다. 원치 않은 순간에 도착하는 메시지나 전화, 시간을 쪼개서라도 만나야 하는 인간관계들, 그 이외에 일과 관계없는 모든 것들까지. 일만 할 수 없게 만드는 모든 소음이 무음실에 들어간 것 같이 원천봉쇄 된다. 그런 환경에 있으면 치트키를 쓰고 게임하는 것처럼 일하기가 한층 수월해진다.

특히 '외국에 있어서…'로 말을 시작하는 것은 마법 같다. 이 말은 "외국에 있어서 만날 수 없습니다" 또는 "외국에 있어서 연락이 어렵습니다" 같은 방식으로 사용할 수 있다. 어쩌면 돈을 꿔달라는 말도 "외국에 있어서요" 정도로 적당히 대답해버릴 수 있을 것이다. 이 말은 피하고 싶은 대부분의 상황에서 쓸 수 있다. 게다가 상대방이 기분 나쁘지 않게 내 사정을 납득시킬 수도 있다. 물리적으로 단절이 되니 어쩌겠는가. 상황에 기분이 나쁠지언정 나를 비난을 할 여지가 없다.

그런 해외 어드벤티지는 여러 모로 편리한 일이었다. 나는 이 곳에서 선불유심도 구매하지 않았다. 외출한 동안 왔던 연락은 숙소에 돌아가서 확인하면 될 일이었다. 손에 끼고 살았던 핸드폰을 들여다보는 횟수가 많이 줄어들었고, 그만큼 나와 내 앞에 놓인 일들을 바라볼 수 있는 시간이 늘었다.

이곳에서 지내는 동안 내가 일하고 싶은 시간을 정하고, 먹고 싶은 시간에 먹고, 자고 싶은 시간에 잠을 잤다. 스트레스를 받으면 수영장에 뛰어들었고, 가끔 조용한 거리를 산책하며 마음을 비우곤 했다. 집중하고 싶은 일에 마음껏 집중할 수 있었다. 그동안에는 아무것도 신경쓸 것이 없었다. 휴식까지도 일하기 위한 재충전의 시간으로 온전히 보낼 수 있었던 날들. 일과 나만 남은 삶이었다. 지금 이 글을 쓰면서도 조용하고 고요했던 그 시간이 그립다.

23

야외수영장

이 멋진 야외수영장을 언제 또 집 앞마당에 두고 써보겠어!
매일 수영해야지! 하고 생각했는데.
전생에 무슨 태양의 나라에서 살았던건지,
내 몸뚱아리는 어떻게 이렇게 추위를 찐하게 타는지.

* 치앙마이의 겨울(12월) 평균기온 약 25도 선 …

24

치앙마이 보디빌더즈

치앙마이에서 만난 힘세고 강한 음식들!
처음 보는 음식이 많다보니 잘 모르겠으면 일단 먹고 보게 됐다.
입에 안 맞으면 앞으로 안 먹으면 되고, 입에 맞으면 세상에
좋아하는 것이 하나 늘었으니 즐거운 일이 된다.

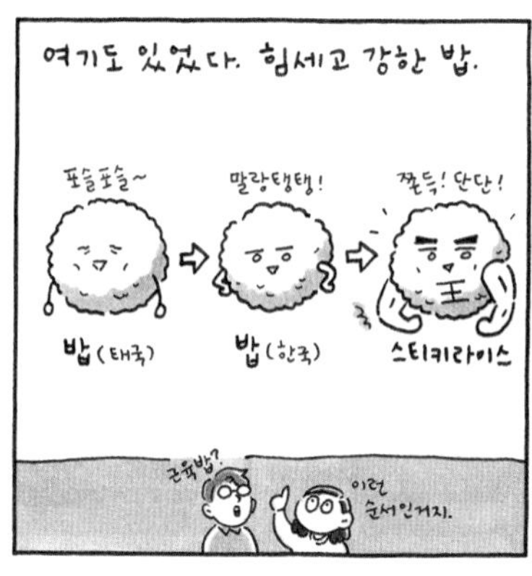
여기도 있었다. 힘세고 강한 밥.
포슬포슬~
말랑탱탱!
쫄듯! 단단!
밥 (태국)
밥 (한국)
스티키라이스
근육밥?
이런 순서인거지.

두번째 만남
~슈퍼마켓에서~
FRUIT
내일 아침엔 뭐 먹지
망고는 먹어봤고

과일을 고르다 만난 분의 추천.
과일 고르는 중인가요? 이거 맛있어요!
오렌지?
코쿤카~!!

그렇게 먹어본 '포멜로' 그 맛은…
이 단단함은 무려 벌크업 한 오렌지?!
자몽 같기도… 새콤달달!

이후 쭉 '벌크업 오렌지'라고 부른다.
(+그리고 매일 아침 먹기 시작함)
오렌지
귤…
벌크업 오렌지
포멜로
알알이 살아있어
훌륭한 근육!

내 마음 속, 두 보디빌더 음식들.
챠!
하!
히힛!
얍!

25

아침식사

매일 평화로운 시간을 보내고 있으니
복잡하고 큰 일보다 작은 일들을 알아채게 된다.
사소하면서도 삶에 계속해서 영향을 끼치는 부분들 말이다.
예를 들면, 아침을 먹을 때마다 아파오던 뱃속이 잠잠하다거나.

스스로도 깨닫지못한채 신경쓰던
그러고보니 요즘은 배가 안 아프다.

좋아하거나 싫어해서 엉겨있던 것들…
계획
사회생활
해야할일
친구
갖고싶은것
결혼
되고싶은것
가족
돈
왜 이렇게 몸이 무거운거지?
어서 가야 해…
행복
건강

이곳에는 없다.
잠시만 다녀올게.
금방 돌아올거야
어디가?
왜가?
잘 다녀와
스륵...

힝
가지마-
언제 돌아와?
스트레스가 없는 삶을 살고싶은건 아닌데말야.
아침준비 끝!

3달후에는 다시 예전처럼 돌아가겠지만
맛있게 먹어요-!!
설거지는 내가 할게

치앙마이에서는, 매일 아침을 먹고있다.

식빵과 포멜로

우리는 매일 아침마다 마주보고 앉아 요거트와 과일, 토스트와 버터를 먹었다. "이 식빵이 저렴해도 나름 매력이 있어" "이번 포멜로는 저번보다 달다" 그런 이야기를 하면서.

치앙마이에서의 아침. 내가 꾸물꾸물 일어나 아침 먹을 준비를 하면 타쿠는 뒤따라 일어나서 집 청소를 시작한다. 내가 식빵을 굽기 시작하면 타쿠는 침대에 붙은 머리카락을 하나하나 떼어내고, 내가 과일을 썰기 시작하면 타쿠는 이불을 정리한 후 바닥 청소를 한다. 내가 요거트와 수저를 마저 챙겨 아침밥을 들고 나오면, 타쿠는 서둘러 어질러진 테이블 위를 치운다.

미리 정한 역할은 아니었다. 예쁜 상을 차리는 걸 좋아하는 나와 깨끗하게 정돈된 방을 좋아하는 타쿠가 함께 지내고 있는 것뿐. 치앙마이에서는 어딜 가나 날이 밝아올 때 창 밖에서 새소리가 들려왔다. 우리는 매일 아침마다 마주보고 앉아 요거트와 과일, 토스트와 버터를 먹었다. "이 식빵이 저렴해도 나름 매력이 있어" "이번 포멜로는 저번보다 달다" 그런 이야기를 하면서.

점심과 저녁밥은 항상 집 옆의 큰 쇼핑몰 '센트럴 페스티벌' 4층 푸드코트에서 해결했다. 맨 처음 치앙마이에 와서 집을 구할 땐 당연히 시내 어느 모퉁이에서 살게 될 거라는 생각을 했었다. 이런 저런 식당을 돌아다니며 맛집 탐방을 즐기는 내 모습을 상상했는데, '이 먼 나라까지 와서 푸드코트라니!'라고 생각한 적도 있었다. 하지만 몇 달이나 지내다보면 매일 같이 새로운 식당을 찾는 것이 더 고역일 수도 있었겠다는 생각이 절로 들게 된다. 그렇게 저녁밥을 먹고 나면 마치 누구와 약속이라도 해둔 듯 1층 마트로 내려가는 것이 우리의 예정된 일과였다.

장을 본다고 해봐야 항상 비슷하게 먹는 아침거리를 사는 것뿐이지만, 그럼에도 매번 뭘 살지 고민하게 되는 시간이었다. 항상 먹던 제일 저렴한 식빵을 담고, 타쿠가 좋아하는 파인애플도 담는다. 그 다음으로 먹어보지 않은 것, 먹어보고 싶은 것을 구경한다. 어느 날인가는 지나가던 아주머니가 근처 농장에서 나오는 포멜로가 싱싱하고 맛있다고 알려주셨다. 그 이후로 아침상에는 언제나 포멜로도 오르게 되었다.

우리 의견이 제일 많이 엇갈렸던 건 요거트 코너에서였다. 나는 언제나 조금 이상한 걸 사려고 하고 타쿠는 항상 실패하지 않는 것을 고르려 했다. "딸기 요거트가 좋아, 어차피 뭘 먹어봐도 딸기가 제일 맛있을 게 뻔하잖아"라며 어필하는 타쿠. 나로 말하자면 그럴 때마다 '정말 호기심이 없다니까. 태국까지 왔는데 망고나 코코넛 정도는 먹어줘야 되는 거 아닌가' 하고 생각하게 된다. 딸기가 한 알 통째로 나오기도 하는 딸기 요거트가 특출나게 맛있다는 건 동의하지만서도 말이다. 결국 어떤 날은 딸기맛을, 어떤 날은 망고맛을. 또 어떤 날은 아예 두 가지를 다 사서 각자 먹고 싶은 걸 먹기도 했다.

제집마냥 마트에 들락거리다보면 익숙한 얼굴도 생긴다. 유독 살갑게 인사를 해주는 서글서글한 얼굴의 계산대 남자애가 한 명 있었다. 언젠가 쇼핑몰 엘리베이터에서 친구와 있는 모습을 보았는데 어디어디 대학교라고 쓰인 유니폼을 입고 있었다. 아르바이트 삼아 마트에서 일하고 있는 것인지도 모른다.

계산을 하다 가끔 짧게 대화를 나눴을 뿐인데 매일 만나고 인사를 하다 보니 무척 친한 사람인 것 같은 생각마저 들었다. 서로의 이름조차 알지 못했으면서 말이다. 그 애는 한국에서 왔다는 이야길 한 후로는 우릴 보면 히히 웃으면서 "언니, 오빠~" 하고 장난을 쳤다. 누나랑 형 아니냐고 태클을 걸어보려다가도 그냥 같이 흐흐 웃어 버리곤 했다. "한국말은 어떻게 아는 거야? 누가 알려준 거야?" 그런 이야기를 하면서.

생전 처음 와본 이곳에서도, 어느새 하루를 보내는 익숙한 방법이 생기고 있었다. 매일 날이 밝으면 새소리가 들려오고, 비슷한 메뉴로 아침을 차려 먹고 청소를 한다. 일부러 조금만 사와서 금방 떨어지고 마는 아침밥 재료를 사러 마트에 다녀오면 날이 저문다.

정말로 거의 매일 마트에 갔기 때문에 조금 귀찮게 느껴진 날 타쿠에게 물었다. "장 보러는 이삼 일에 한 번만 오면 되지 않겠어?" 그러자 "뭐 어때, 그리고 이게 아니면 우리가 걸을 일이 없잖아"라는 대답이 돌아왔다. "하긴 그것도 그래" 별달리 반박할 이유도 없었던 나는 그냥 그렇게 대답했다.

결국 마트에서 매일매일 산책 아닌 산책을 하며 흘러가는 날들이 우리의 일상이 되었다. 자고, 먹고, 일하고. 더불어 놀고, 운동하는 일상들이 작은 병정 무리마냥 착, 착, 착, 줄지어 간다. 에너지가 넘치는 여행은 아니지만 그렇다고 아주 익숙했던 일상도 아닌, 딱 그 중간쯤 되는 생활. 별 것도 아니면서 가끔은 새로 발견하고 고민하게 되는 것들이 하루를 채우는 날들.

내가 알기론, 바로 그런 걸 '평화로운 날들'이라고 부르지 않던가.

DOUX
Elle & Vire
Le Beurre Tendre

"Allowrie"
SOFT

meiji
ซีพี-เมจิ
meiji
ซีพี-เมจิ
DUTCHIE
STRAWBERRY

26

선데이마켓

태국하면 야시장. 치앙마이 대표 야시장은 바로 선데이마켓.
낮에는 나름대로 한산한가 싶었지만
일요일 밤이 되면 완전히 풍경이 달리진다.
큰 규모와 많은 물건, 붐비는 사람들에 놀라게 되는 야시장.

*설렁설렁 구경해도 2~3시간은 걸린다.

*오후 6시, 국가가 나오면 모두 제자리에서 멈춰 선다.

27

모기와의 전쟁

큰 창문에 있어야 할 방충망이 없기에 모기가 별로 없나 생각했지만. 하룻밤 만에 십수 마리를 처단하고도 아직 방 안에 날아다니는 모기들을 보며 생각했다. 태국에서 전기 모기채 장사를 해야겠다고.

* 방충망이 없는 방이 많다. 우리방도 그 중 하나.

왓 프라탓 도이수텝

산속 사원에 오르니 어디서 무얼 하며 살다가 모여들었는지
모를 사람들이 가득했다. 특별한 기억으로 남을 1월 1일.
다른 사람들에게도 추천하고 싶어지는 새해맞이 장소였다.

계단을 오르고 또 오르면
헉
헉

왓 프라탓 도이수텝이 나온다.
황금색 커다란
탑이 번쩍번쩍!
짠~

뭔지도 모르고 무작정 들어가 받은

근엄하신 스님의 축복사는
태국
불경일까?

확실한 행복을 불러왔고
잘 들어보니
…~행복하세요 건강
하세요 해피해피해
피블라블라…~~.
촥
촥
다국어로
행복을
빌고계셔…!!
핫

내려다보이는 치앙마이가 아름다웠다.
올해는 좋은 일이
많을 것 같아.
응.

해피 해피 해피

스님이 단번에 알아차리고 "웨얼 알 유 프롬?" 하고 물으셨다.
멋쩍게 "프롬 코리아!" 라고 답했더니 씨익 웃으신다.
다른 사람들을 따라 고개를 숙이자 스님의 읊조림이 시작됐다.

잠이 덜 깨 반쯤 감긴 눈으로 일어나 커튼을 걷어보니 하늘에 구름이 잔뜩 드리워져 있었다. 새해 첫 아침이 흐리다니. 평소처럼 아침 식사를 준비하면서 지난밤 창밖에서 들렸던 폭죽소리를 떠올렸다. 새해 전날에는 한 해의 마지막과 새로운 시작을 기념하는 떠들썩한 축제가 치앙마이 곳곳에서 열리고 있었지만, 온종일 집 안에서 여느 때와 다름없는 하루를 보냈다.

먼 외국 땅까지 찾아와 이토록 조용한 연말을 보냈다니. 누군가는 이해하지 못할 수도 있을 것 같았다. 하지만 매서운 겨울 날씨 속에 스물아홉 번의 연말을 보내다가 햇빛이 쨍쨍한 날씨 속에 같은 시기를 보내보니, 새로운 해가 시작된다는 실감이 나지 않았다. 가족도 친구도 없는 곳에서 지내고 있으면 새해라고 한들 저절로 특별한 기분도 들지 않는다. 이런저런 생각으로 복잡한 내 기분은 아랑곳하지 않고, 달력은 무심한 얼굴로 1월 1일을 알리고 있었다.

평범한 하루를 보냈던 어제와는 달리, 새해 첫 날엔 나름대로 새로운 해를 기념하기 위한 작은 계획을 세웠다. 수백 개의 사원이 있는 치앙마이 안에서도 손꼽히는 사원인 '왓 프라탓 도이수텝'에 가보기로 한 것이다. 산 위 해발 3,500m에 지어진 그곳은 시내를 한눈에 내려다볼 수 있는 탁 트인 전경과 커다란 황금빛 체디(탑)로 유명한 곳이라 했다.

도이수텝을 보지 않았다면 치앙마이에 가봤다고 말하지 말라는 이야기가 있을 정도로 그 인기는 대단하다. 치앙마이에 오기 전부터 왓 프라탓 도이수텝에는 꼭 한번 가보려고 마음먹은 터였다. 태국 사람들 틈에 섞여 한 해의 안녕과 행복을 기원하고, 더불어 좋은 구경도 할 수 있는 기회라는 생각이 들었다. 번쩍이는 체디와 사원의 멋진 풍광을 상상하며 집을 나섰다.

왓 프라탓 도이수텝을 찾아가는 길은 수많은 인파로 북적이고 있었다. 다른 날이었다면 만석이 될 때까지 한참 기다려야 했을 썽태우(트럭을 개조한 미니버스)들은 승객을 가득 태우고 연이어 산을 오르내렸다. 앉을 자리가 부족한 탓에 태국 청년 둘, 셋이 차 뒤편에 매달리는 진풍경이 펼쳐졌다. 이렇게 많은 사람들이 그곳을 찾는 건 오랜 역사 때문일까? 아니면 눈부신 아름다움 때문일까?

구불구불 이어지는 도로를 따라 산을 오른 지 30여 분이 지나자 사원 입구에 다다를 수 있었다. 그곳에서부터 시작되는 삼백여개의 계단을 더 올라서야 왓 프라탓 도이수텝의 모습을 볼 수 있었다. 늘 관광객으로 붐비는 명소이지만, 오늘만큼은 현지 사람들이 더 많아 보였다. 작은 광장에 신발을 벗어두고 인파에 떠밀리듯 들어간 사원 안은 커다란 탑 주위를 돌며 기도하는 사람들과 이곳저곳에 서서 사진을 찍고 구경하는 사람들로 발 디딜 틈이 없을 정도였다.

그런데 사람들이 너무 많았던 탓일지, 하루 종일 흐렸던 날씨 탓일지. 사원은 상상했던 것만큼 인상적이지가 않았다. 어쩌면 기대가 너무 컸던 탓이었을지도. 아쉬운 마음이 차오르다 급기야 맥이 빠졌다. 많은 사람들 속에 있으려니 피곤함이 몰려왔다. 서둘러 큰 체디를 둘러보고 사진을 찍은 뒤, 전망대로 발걸음을 돌렸다. 치앙마이 전경이라, 이 흐린 날씨에 그것도 크게 볼만하지는 않을 거라는 생각이 들었다. 다른 날 왔으면 더 맑고 좋았을 텐데. 아쉬운 마음이 들었다.

전망대 쪽으로 몇 걸음을 옮겼을까? 사원 한 켠에 사람들이 몰려있는 방이 눈에 띄었다. 인파에 섞여 안을 들여다보니, 작은 단 위에 앉아 계신 스님 한 분과 그 앞에 고개를 조아리고 앉아 있는 사람들이 보였다. 스님은 사람들 머리 위로 물을 흩뿌리며 무언가를 읊조리고 있었다. 무슨 말인지 알아들을 순 없었지만, 추측컨대 한 해의 복을 기원하는 말 같았다.

한차례 사람들이 나오고 다음 차례 사람들이 우르르 들어가기에 용기를 내 함께 들어갔다. 구석진 자리에 앉았지만 여행객은 아무리 숨어도 티가 나는가보다. 스님이 단번에 알아차리고 "웨얼 알 유 프롬?" 하고 이쪽을 향해 물음을 던지셨다. 멋쩍게 "프롬 코리아!"라고 답했더니 씨익 웃으신다. 다른 사람들을 따라 고개를 숙이자 스님의 읊조림이 시작됐다.

그런데 잠깐, 가만히 들어보니 익숙한 언어였다. "행복하세요, 건강하세요, 해피 해피 해피…" 외국인을 배려한 스페셜 버전으로 행복을 기원해주시는 스님의 말씀에 살며시 웃음이 나왔다. 울적해지려던 마음이 온데간데없이 사라지고, 어느새 행복한 마음이 스며들었다. 역시 오길 잘 했다.

구름이 가득한 듯 아쉬움이 들던 기분은 비단 날씨 때문이 아니었다. 북적이는 인파 때문도, 사원이 멋지지 않았기 때문도 아니었다. 새해니까 좋은 구경을 해야만 한다는 압박감, 유명한 만큼 멋있을 거라는 짐작, 화창한 날만을 바라는 마음을 가지고 사원에 들어섰으니 눈앞에 뭐가 있었던들 마음에 들었을까.

잠깐 웃으며 쉬고 난 뒤 다시 주변을 둘러보니 행복한 사람들과 멋진 사원이 그곳에 있었다. 회색빛 하늘 아래 펼쳐진 치앙마이 전경이 아늑하고 친근하게 보였다. 나중에 알고 보니 더운 날이 대부분인 태국에서는 흐린 날을 좋은 날씨라고 부른다 했다. 날씨가 좋지 않다고 툴툴거릴 게 아니라 덥지 않아서 좋은 날이라고 생각할 수도 있는 것이었다.

집으로 돌아온 저녁, 내가 생각해낼 수 있는 거의 모든 사람들에게 새해 인사를 보냈다. 평화롭고 느긋한 치앙마이의 새해 첫날 저녁. 나와 이어져 있는 사람들을 떠올리고, 새해에만 나눌 수 있는 특별한 인사를 전하며 행복을 기원하는 것 이외에 해야 할 일은 없었다. 치앙마이가, 왓 프라탓 도이 수텝이, 스님의 축복이, 그리고 사원을 향해 집을 나섰던 나의 선택이 만들어준 새해의 인사였다. 복 많이 받으세요. 매일이 첫날인 듯 좋은 날들 보내세요. 해피 해피 해피.

29

초코도넛

'타쿠'(이)가 작은 보상을 사용했다! 효과는 뛰어났다!
'율리'은(는) 만화를 그리기 시작했다!

"1 초코도넛을 주겠노라"
FOR YOU!

여기서 말하는 '초코도넛'이란?
묵묵

센트럴페스티벌 빵집 'Saint Etoil'에서
SAINT ETOILE

내 마음을 사로잡은 빵이었던 것이다.
겉은 바삭하고
속은 촉촉해…
길티 플레저!!
10฿
*약 330원
믿기지 않는
가성비!!

그렇게 게으름을 이겨냈다…
성공인가?
초코도너엇~!!

작은 보상 플랜, 훌륭해.
근데 그냥 내가 사다 먹음 되는거아닌가?
뜨끔!
깨달아부렀군.

30

자린고비 쫄보들

가진 돈 얼마 없는 자린고비에, 걱정도 겁도 많은 둘.
쫄아붙은 마음으로 더위를 참아낸 두 찌질이의 이야기.
아무리 그래도 그렇지 '월세만큼 전기세가 나올지도 모른다'니.
너무 무서운 이야기다.

떠나오기 전 들었던 전기세 괴담.
1개월 전
치앙마이 한달살이 후기:
전기세가 월세만큼
많이 나왔어요 ㅠㅠ !!!!
흐에에!?
흐이익!!

자린고비 쫄보들이 보낸 한달.
우리, 첫달은
전기를 아끼기로 해.
쓸데없이
진지함.

그리고 드디어 받은 첫 전기세 영수증.
드디어 왔다!
어떻게 읽는거지?

싱긋!
싱긋!
뭐야. 생각보다 저렴한데?

공과금 저렴한 집을 구하고 볼일이야.
고생 많았어...
이제는 좀
시원하게 살자....

한 달만 지냈으면 아쉬울뻔 했다.

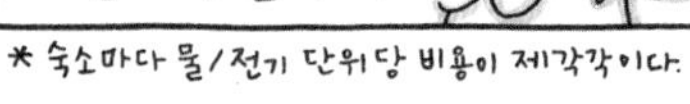
* 숙소마다 물/전기 단위당 비용이 제각각이다.

31

TWJ

맥주나 한 잔 해보자며 갔던 라이브펍에서 겪었던
의외의 놀람 포인트들. 꼬불꼬불 태국어뿐인 메뉴판,
일단 적당해보이는 메뉴를 시켰더니…
이런 게 바로 외국인으로서 느낄 수 있는 즐거움일 거다.

다?
뚜껑을 다 따서 가져다주셨어!?
헉!
햐~

그리고…
시원~
시원~
아이스 버킷이 있으니까… 미지근해지진 않을거야.
크흠.

맥주에 넣어 마시는 거였나?!!!
?
얼음맥주~

게다가 주위 태국 청년들은
신경쓰이는 존재감…
힐끔…

더 엄청난 걸 마시고 있었으니
등-직!
!!
으아니… !! 엄청 커!!

여러모로 놀라움이 많은 밤이었다.
신기한 것 투성이구만~
그르게~
큼흠…

Chang
CLASSIC
BEER

가슴이 찡하고 울리지 않아도

오히려 일상이란 건 잔잔한 파도인 편이 좋다.
날마다 감동이 쓰나미처럼 밀려오는 것도 조금 피곤할 테지.
요컨대 일상에는 시시한 구석이 필요한 것이다.

1월의 헬스장을 가봤는가? 8월의 무더위보다 더욱 뜨거운 것이 1월의 헬스장이다. 평소엔 한적한 외딴 헬스장도 이때만 되면 북적이는 시장통이 된다. 새해 첫 날을 맞아 율리와 올라간 도이수텝이 딱 그런 분위기였다. 지난해 마지막 날까지 이어진 축제 분위기는 하루 만에 싹 가셨고, 이곳을 찾은 사람들은 한여름을 대비하는 헬스장 새내기들처럼 결심을 하나씩 품은 얼굴이었다. 하지만 헬스장을 뜨겁게 달군 1월의 열기는 곧 사그라들고 다시 예전과 같이 여유를 되찾는다. 그 결심 중 많은 것들도 마찬가지일 것이다. 새해다움이 나쁜 것은 아니지만 나는 그런 모습이 시시하다.

도이수텝과 그곳의 황금빛 체디도 마찬가지였다. 수많은 인파에 둘러싸여 그 유명한 체디 앞에 섰지만 어쩐지 가슴에 아무런 울림이 느껴지지 않았다. 도이수텝은 다른 태국 사원과 크게 다를 바 없이 생긴 것 같았고, 황금빛 체디도 산 아래 어느 사원에서 모양만 조금 다른 것을 본 적 있었다. 이미 몇 번이고 태국 사원에 들락날락했던 이력이 있었기에 산 위에 있다는 것만으로는 감탄사가 나오지 않았다. 그리고 매번 적응되지 않는 신발 벗기는(태국 사원에서 갖춰야 하는 예의 중 하나) 찜찜한 기분이 들어서 자꾸만 신경이 쓰였다.

도이수텝이 시시했던 결정적인 이유는 도이수텝이 내가 좋아하는 은하수나 오로라, 거대한 사막과 같은 경외롭고 장대한 부류와는 거리가 멀다는 점이다. 오히려 방콕의 왓 아룬이나 올드시티의 왓 체디루앙이 내 마음을 움직인다. 치앙마이에서 내 취향에 딱 맞을 만한 무언가를 꼽자면 새해 카운트다운 축제의 불꽃놀이나 11월의 풍등 축제 러이끄라통 정도이려나. 아쉽게도 둘 다 못 봤지만.

도이수텝이 그런 것처럼, 치앙마이도 전반적으로 소소하고 아기자기한 분위기가 강하다. 골목마다 들어선 작은 잡화점들, 나즈막한 올드시티의 외곽 성벽, 차분한 공기와 늘어지는 햇살, 정감가는 음식 냄새가 이 곳의 정취를 대변한다. 웅장한 오케스트라 보다는 차분한 풍경소리가 어울리는 곳이다. 그러다보니 나는 이 곳에서 가슴이 찡하고 울려본 적이 없다.

사실 가슴이 울리지 않아도 좋았다. 마음속 울림과 살아가는 것은 전혀 관계가 없다. 오히려 일상이란 건 잔잔한 파도인 편이 낫다. 날마다 감동이 쓰나미처럼 밀려오는 것도 조금 피곤할 테지. 요컨대 일상에는 시시한 구석이 필요한 것이다. 치앙마이에서는 좋은 쪽이든 안 좋은 쪽이든 무리해서 마음을 크게 쓸 필요가 없었다. 대부분의 일들이 "이런 게 뭐 별일이야?" 정도로 넘길 만 했다. 조금 시시한 구석이 있긴 해도 나는 그런 생활에 더할나위 없이 만족했다.

그런 의미에서 나에게 여행지를 선택하는 기준과 사는 곳을 선택하는 기준은 꽤나 다르다. 만약 여행지라고 생각했다면 치앙마이보다 더 내게 맞는 장소가 있었을 테지. 북극이라든가 히말라야라든가. 율리는 이런 내가 좀 별나다고 말한다. 그녀 입장에서는 여행지를 선택하는 기준과 살아볼 곳을 선택하는 기준이 크게 다르지 않기 때문이다. 여러분은 어떤 쪽일지? 내가 별난 부류일 수도 있겠지만, 이런 여행객도 있다고 생각해주시길.

32

말의 뜻

한 나라의 언어와 말뜻을 알게될 때 느낄 수 있는
각별한 기쁨이 있는 것 같다. 아직도 아는 태국어 중
절반 이상은 음식 이름밖에 없지만 말이다.
팟타이! 뿌팟퐁! 똠얌꿍!

*치앙다오산: 태국에서 3번째로 높은 산.

* 매오=고양이, 쑤낙=개, 덕마이=꽃.

아주 조금 뿐이라해도

33

왓 체디루앙

올드시티를 돌아다니다보면 건물들 위로 왓 체디루앙의
체디가 보일 때가 있다. 나는 그럴 때마다 버젓이
도시 중앙에 자리잡은 거대한 체디의 존재와
아주 오래된 시간을 느꼈고, 묘하게 마음이 술렁거렸다.

* 올드시티: 구시가지. 사원과 박물관이 모여있다.

*'왓체디루앙'은 '큰, 위대한 탑의 사원'이라는 뜻.

*본래 90m 높이였으나 지진으로 1/3이 무너짐.

34

EXK 카드

돌이켜보면 그렇게까지 놀랄 일은 아니었다 싶지만,
예상치 못한 문제가 닥치니 몰려오는
걱정을 어찌할 수가 없었다.

* 대상국가 : 말레이시아, 미국, 필리핀, 베트남, 태국, 인도네시아.

에러가 났다.
왜 안 와~?
하하
CANCELLED
Please take your card
위-잉!
짠~
?!

어딜 가나, 이유도 없이 캔슬, 캔슬.

당장 뽑아야 하는데, 돈이 거의 떨어졌는데.
안돼
돌아가
계속 안되네.
ERROR

타지에서 문제가 생기니 눈앞이 캄캄했다.
도와줄 사람도 없는데!
월세 며칠까지지.
돈이 얼마 남았더라?
왜 안돼…
이렇게 한국행인가
갑자기 걱정이 앞섬

주위가 갑자기 낯설어지는 것 같았던,
ATM

3달살이 중 가장 당황했었던 기억이다.
외국에 나와서
무일푼이 되는 줄만 알았어.
암담했지…

방구석 미용실

두어 달 기른 타쿠의 머리카락과 다이소에서 사온 헤어커터.
그렇게 나는 잔재주 하나 더 가진 사람이 되었다.
(태국 다이소는 '60바트숍'이라고 부를 수 있겠다.
제일 저렴한 물건이 60바트부터였기 때문에.)

고민 끝에… 다이소 헤어커터 구매!
이쪽은 가볍게 층 내기 좋은 쪽~
이쪽은 더 강하게 길이를 자르는 쪽!
(약 2천원)
60฿
HAIR CUTTER

야매 미용 전적이 있는 내가
내 머리! 내가 자른다!
율리(19)
슥
스윽
파슷…
파스슷…

집에서 잘라주기로 한것이다.
이런 스타일로 잘라줄게
나만 믿어.
부…부탁해…
(믿어도 되나)

야매 방바닥 미용실 개업!
어머나 고객님~
슉!
슉!
머릿결 너무 부드러우시다~
사각
사각
사각
슈퍼마켓 비닐봉지
(구멍뚫음)

다행히 고객님의 호평을 받으며…
생각보다 잘 잘랐는데~?!
내 영혼의 걸작이 맘에 들어부렀나?
척!

향후 전속 미용사로 임명되었다.
앞으로 자네가 쓸 바리깡을 준비해두겠네.
컷트비용은 1 초코도넛입니다 고객님.
해피엔딩!

36

타이 마사지

어렸을 적에는 누가 손이나 발을 꾹꾹 주물러줘도
왜 하는건지 뭐가 좋다는 건지 당최 알 수 없었다.
그런데 이제는, 우와, 정말 마사지, 으아아!
왜 받는 건지, 너무 잘 알게 됐다.

가게 선택 기준은 '폭 넓은 경험'!
가성비 최고…
#저렴 #숨은고수
유명한 건 이유가 있구낭
#유명 #성공적
너무 예뻐!
#럭셔리 #고급
여러곳을 갔었지…

마사지사를 잘 만나는 게 중요하다는데
잘 맞는 분 만나면 좋겠다-
난 너무 살살 하는 건 별로야-

나와 잘 맞는 분을 만나면
사왓디카- 이쪽에 누우세요
사왓디카!

팬케이크 위 버터가 된 기분이 든다.
노곤~
노곤~
햐아아앗…

굳었던 내 몸 여기서 호강하는구나.
무한반복
지금도 받고 있지만 더! 더 받고싶다!
꾸욱-
이 시간이 영영 계속됐으며어언!!!!
꾸욱-

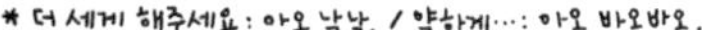
* 더 세게 해주세요: 아오 낙낙. / 약하게…: 아오 바오바오.

저절로 진심이 담긴 팁을 드리게 된다.
코쿤막카! (정말 감사합니다)
태국서 새 생명 얻었네… -어깨의 노래-
코쿤카~

37

민트초코 탐방대

당신은 민트초코 극호파? 민트초코 불호파?
치앙마이에서 알게 된 의외의 사실.
첫번째, 아이스크림이 맛있다.
두번째, 민트초코맛을 제법 쉽게 찾을 수 있다.
뭘 좀 아시는군요, 치앙마이 사람들.

치앙마이에 온 뒤로
오?! 어딜가나
아이스크림이 맛있네!
오마앗!
맛있어!!
ICE
CREAM

결심했던 것이다.
윤리한테 민트초코를
잔뜩 먹여줘야겠어.
갸웃
?
놀롬
놀롬

이 민트초코도 촵촵
민트초코 탐방대

저 민트초코도 촵촵촵.
민트초코탐방대

민트초코
한번 먹어봐~
아… 아냐.
민트초코, 바닐라
하나씩 주세요.
ICE
CREAM

논쟁은 여전히 끝나지 않았지만 말이다.
이해할 수가 없군.
맛있쒀!!
행복해
보이니
됐다…
뇸뇸!!

fezt

치앙마이의 거리

사람이 사는 곳에는 응당 경적 소리가 들린다고
생각하는 부산 출신에게는 생소한 경험이었다.
이곳 거리에도 일 년에 몇 번쯤은 요란한 소리가 울려
퍼지겠지만 나는 지내는 동안 단 한번도 들어본 적이 없다.

'내가 건너고 싶은 곳에서 눈치껏 건너기'는 치앙마이의 보행자에게 허락된 유일한 규칙이다. 우리가 무단횡단이라고 부르는 것이 이곳에서는 평범한 길 건너기에 불과하다. 일단 이곳에는 횡단보도가 거의 없다. 횡단보도를 찾았더라도 보행자 신호등 같은 것을 기대하면 안 된다. 그렇다면 어떻게 건너야 할까? 방법은 간단하다. 도로의 폭이나 교통량은 신경 쓰지 말고 적당히 건너기만 하면 된다. 운전자도 이 무질서한 규칙에 암묵적으로 동의를 했던 건지 건너려는 척하면 멈춰준다. 소심한 이들은 약간의 담력만 있으면, 준법정신이 높은 이들은 희미한 죄책감만 이겨내면 어렵지 않게 길을 건널 수 있다.

그럼에도 치앙마이의 거리에는 경적 소리가 들리지 않는다. 모든 자동차에 경적을 빼 놓고 만드는 게 아니라면 이 세상 도로가 이렇게나 조용할 수가 없다. 사람이 사는 곳에는 응당 경적 소리가 들린다고 생각하는 부산 출신에게는 생소한 경험이었다. 이곳 거리에도 일 년에 몇 번쯤은 요란한 소리가 울려 퍼지겠지만 나는 지내는 동안 단 한 번도 들어본 적이 없다. 나중에 안 사실이지만, 치앙마이의 교통사고 수준은 생각보다 높은 편이다. 경적을 울리지 않는다고 평화로운 것은 아닌가보다.

치앙마이에서는 시도 때도 없이 크고 작은 마켓이 열리고, 축제가 벌어지지만 그럼에도 거리가 상당히 깨끗하다. 홍대 입구나 강남 유흥가처럼 밤만 되면 원색 선전물이 길바닥을 뒤덮는 풍경과는 다르다. 어느 행사건 쓰레기를 수거하는 청년들을 심심찮게 볼 수 있는데, 그들 때문인지 아니면 왕정국가 특유의 강고한 통치방식 때문인지 모를 일이다.

그러다보니 치앙마이의 거리를 가장 더럽히는 것은 새가 아닐까 싶다. 사람이 많이 다니는 곳은 그렇지 않은데 행적이 드문드문하고 전봇대가 서 있는 곳이라면 어김없이 길바닥이 온통 하얗다. 새똥의 단일 규격이 그다지 크지 않다는 것을 감안한다면 얼마나 싼 건지 감히 상상하기가 어렵다. 인간이 마련해준 새들의 공중변소인 셈이다.

새똥은 다른 똥처럼 물컹거리는 느낌이 나거나, 신발에 과하게 묻는 일은 거의 없다. 그래도 밟으면 기분이 좋지 않다. 똥은 똥이니까. 나는 그다지 비위가 강한 인간이 아니라서 길을 걷다 새똥 존zone이 보이면 다른 길로 돌아가고 싶은 마음이 든다.

실은 10년쯤 전, 길을 걷다 새똥에 맞은 적이 있었다. 그 새를 붙잡아 따끔한 맛을 보여주고 싶었지만 상대가 새인지라 소용없는 일이었다. 그렇다고 지나가는 새들에게 길거리에 똥을 흩뿌리고 다니면 안 된다며 일장연설할 수도 없는 노릇이다. 그저 조심하는 수밖에는 없다. 그 이후로 길을 걷다 새똥을 맞을까 걱정하는 마음이 생겼다. 여러분도 땅바닥에 하얀 무언가가 보인다면 머리 위를 조심해야 할지도. 특히 치앙마이에서는.

38

도마뱀과의 싸움

잘 구슬려서 내보내려고 방을 몇 바퀴나 돌며
추격했던 쪼그만 도마뱀. 나중에 알고보니 모기같은
해충을 먹고 사는 겁 많고 소심한 착한 친구라고 한다.
미안해. 다음에 만나면 겁주지 않을게.

*순간적으로 서로 놀라서 멈춤.

문제상황 발생, 문제상황 발생!
타쿠…!!
탁… 타쿠웃…!!?
(씻으러 들어감)
?!
?!
?!
슬금
슬금
키잇!
이래서 눈치빠른
닝겐은 싫다니까…!

그렇다! 이 방엔 오직 도마뱀과 나만이!
반드시
내보낸다!
드루와라
닝겐!
Yulri
VS
Lizard
치앙마이 도마뱀 포획작전!
시작되었습니다~!!

도마뱀 포획 1차 시도
멈청 빨라!
으아아아!
샤
샥
쯧쯧
쓰레받기로 유인해보지만 역효과!
소파 뒤로 들어가는 도마뱀!

도마뱀 포획 2차 시도
으아앗앙아!?
← 내가 들추어놓고
내가 놀람
드르륵
샤
샥
아~ 소파 뒤를 살피지만
너무 빠르죠~ 잡을 수가 없죠~

도마뱀 포획 3차 시도…
어… 어디냐!!
정정당당히
나와라!!
어디로
드갔냐!!
LOSE…
샤샥…
숨어버린 도마뱀! 시야에서
사라지니 불안감만 증폭됩니다…

그렇게 치앙마이의 밤은 깊어만 간다.
으아아아!!
나와 이자식아!!
무슨 일인거…?
← 이미 탈출함

39

반캉왓

동화책에 나올 것 같은 자그마하고 예쁜 마을 반캉왓.
반캉왓에서 일요일 오전마다 열리는
작은 마켓에 갔던 날의 이야기.

* 선데이 모닝 마켓: 08:00~13:00 (10시 방문 추천!)

예쁜걸 만드는 사람들이 모여 만든 예쁜 마을.
저 아내가 만든 옷들이에요!
뿌듯!

카페, 공방, 갤러리, 소품샵, 게스트하우스…
헬로!
MENU
카페주인 아저씨는
손님이 뜸할때는 공예작업을 한다.

이런곳에서 매일을 살아가는건 어떤 느낌일까.
찰칵
팬케익
타이티

보이지 않는 불편이나 고민도 있을테지만
다른 곳으로 가고 싶어지기도 하겠지? 너무 한적하다거나? 무기력해질지도 몰라…
쪼옵-

그건 세상 어디를 가든지 똑같은 걸.
여행 가고 싶다… 번잡하고 시끄러워. 요 며칠간 계속 무기력 한것 같네.
다음은 아이스크림!
고고!

어디에서 지내든 마음의 문제.
자주 잊어버리지만 말이다.
햄보케~!

치앙마이의 색

가만히 앉아 치앙마이의 색에 대해 생각하다 보면,
화려한 색깔들 사이로 어느 평범한 하루가 떠오른다.

길을 걷다 가만히 고개를 들어 하늘이 어떤 색인지 오롯이 바라보려 할 때가 있다. 넓은 하늘에서 한 조각 작게 잘라내어 푸른색인지, 회색인지, 주황색을 살짝 탄 분홍색인지 고민하는 작은 놀이다. 또 지하철 2호선을 타고 가다가는 이런 생각을 하곤 한다. 2호선 색깔이 초록색이긴 하지만 지하철 내부 바닥을 너무 눈 아픈 초록색으로 칠해뒀다는 생각.

그런 생각이 들 때는 좀 더 편안한 색이었다면 좋지 않겠느냐며 곁에 있는 타쿠에게 불평을 한다. 같은 디자이너인 타쿠에게 이런 화제로 말을 걸면 어김없이 디자인 토론이 펼쳐진다. 눈에 보이는 형태는 물론이거니와 세상에 드러난 여러 색깔에 마음을 빼앗기고 관찰하게 되는 것. 시각에 온 정신을 집중해 일하는 디자이너의 습관일는지 모른다.

그런 나에게 치앙마이는 다채로운 색을 내보이며 다가왔다. 넓은 태국 안에서도 예술의 도시이자 예술가들이 모이는 곳이라고 불리는 치앙마이. 그 새로운 색들이 내 기억에 알록달록 물을 들이기 시작했다. 어디서든 눈에 띄는 빠알간 썽태우에는 하얗고 노란 꽃을 엮어 만든 푸앙마라이(작은 자스민

화환)가 흔들렸다. 올드시티로 가면 어깨를 맞대고 늘어선 사원들마다 오밀조밀 붙여둔 색색깔 타일이 반짝이고, 황금색 불상과 탑, 오랜 시간동안 검게 변한 목재 위로 오색 깃발이 나부낀다. 젊은이가 많은 님만해민 거리에는 골목골목 크고 작은 벽화가 그려져 있었다. 어떤 상점이든 꼭 모셔져 있던 하얀 작은 사원은 또 어떤가.

타이티와 팟타이는 먹음직스러운 주홍색, 우리가 자주 가던 은행의 직원 유니폼은 쨍한 초록색이었으며, 야시장에서는 또 얼마나 많은 것이 눈길을 사로잡았었는지. 꽃모양으로 조각해둔 비누며 너무나 많은 물건들, 무엇보다도 고산족 수공예품은 꼬마들이 칠한 듯이 귀여운 색들로 만들어져 있었다. 그런데 가만히 앉아 치앙마이의 색에 대해 생각하다보면, 화려한 색색깔들 사이로 어느 평범한 하루가 떠오른다.

한가한 주말이었다. 님만해민에서 출발해 올드시티를 향해, 발길 닿는 대로 산책을 하기로 했던 날이었다. 지도를 찾아가며 슬슬 걷다가 짧은 여행이었다면 가지 않았을 법한 작은 공원까지 이르게 되었다. 한국에서 떠나오기 전 친구로부터 들었던 이야기가 떠올랐기 때문이었다. 태국에 먼저 다녀왔던 친구는 공원에서 보냈던 느긋한 시간에 대해 이야기해줬었다.

표지판에 작게 영어로 써둔 이름을 읽어보니 치앙마이 대학교 소속의 작은 공원인 듯했다. 공원으로 들어서자 잠시 눈이 반짝 뜨였다. 공원 외곽 담장으로 둘러진 철창이 한국에서는 어지간해선 만나보기 힘든 고운 라벤더 색이었던 것이다. 연보라에 분홍을 몇 방울 떨어뜨려 잘 섞은듯한 색깔. 우리는 근처 가게에서 먹을 걸 조금 사왔고, 그 담장 근처 의자에 앉아 한참을 쉬었다.

이 날 보았던 담장 철창의 색이 유독 치앙마이의 색깔로 떠오르는 것은 아마, 가장 평범한 것에서 익숙하지 않은 색깔과 마주쳤기 때문일 것이다.

햇빛을 받아 빛나는 금빛 탑보다도, 어두운 야시장에 쪼로롬히 늘어선 알록달록 공예품보다도 더 마음에 남은 라벤더 색.

그건 평범하게 스쳐 지나가는 풍경, 평범하게 시간을 흘려보내는 하루를 새롭게 만드는 타국의 색이었다. 일상에 지쳐버린 마음에 이런 환기는 언제나 잘 듣는 약이기에, 어쩌면 이런 순간을 만나기 위해 그 먼 길을 떠나왔던 것일지 몰랐다. 지루할 만큼 익숙했던 나날 가운데 조금 다른 조각을 발견하는 순간을 바라며.

그 공원에서 라벤더 색 아래 쉬어가고, 햇빛을 올려다보고, 거닐었던 시간은, 당연하다고 생각하던 작은 것들을 새로운 것으로 낯설게 바라볼 수 있는 시간이 되어 주었다. 목적도 없고 성취도 없이 걷다 만나는, 새로운 것들이 스며드는 시간. 마음의 재정비를 했던 시간. 그때를 떠올리게 하는 치앙마이의 색이 내게는 바로 라벤더 색이었다.

메신저 스티커

메세지를 보낼 때마다 붙여주던 스티커를
보고 있으면, 이야기할 때마다 만면에
웃음을 띄운 미스터 요의 얼굴이 떠오른다.
그래서 덩달아 같이 팡팡 쓰게 되었던 귀여운 스티커!

* 내용은 주로 금전관련이나 문의사항, 불편사항…

Hello!
Hi!
Plz…
말을 걸 때,
Sorry
OKAY!
양해를 구할 때,
OK!
의견에 동의할 때…

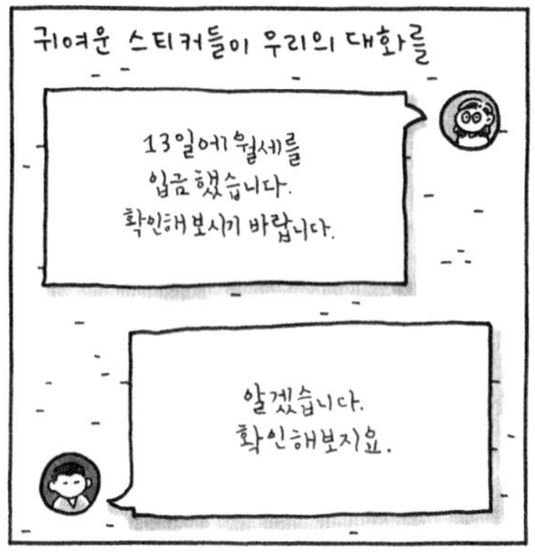
귀여운 스티커들이 우리의 대화를
13일에 월세를
입금했습니다.
확인해보시기 바랍니다.
알겠습니다.
확인해보지요.

한층 더 즐겁게 만들어주는 것!
13일에 월세
입금했어요!
확인해봐요 :)
O
K
아하! 알겠어요.
고마워요 :)

영어로 모든 의사소통을 해야하는 이곳.
오오! 어제 얘기한
모기장 바로 설치해준대!
윈도우!
모스키토!

가끔씩은 외국어 콤플렉스에 시달리지만
하고싶은 말은 많은데
뭐라 해야 할지…
고마움을
고마움이라
전하지 못하고!

의외의 방법으로 표현 가능한 것들도 많다.
꼭 외국어를 잘해야만
감정을 다 표현할 수 있는건
아닌거야…
에잇!
Thanks

태국식 요일별 성격점

혈액형점도, 별자리점도 아닌 요일점은
또 처음 들어봤다. 태어난 요일별로 성격,
부처상, 행운의 색깔·방위·숫자·동물이 있다는 이야기!
내가 무슨 요일에 태어났는지 처음으로 궁금해졌다.

*미얀마, 라오스, 캄보디아에서도 태어난 요일을 중요시한다고…

월요일
예의바르고 근면하다. 잔걱정이 많은 한편 기분파인 면모를 보일때도 있다.
15
YELLOW
동향
月
호랑이
월요 부처상

화요일
완고하고 위로 올라가려는 의지가 강하다. 견실하며 리더같은 성격이 있다.
8
PINK
남동향
火
사자
화요 부처상

수요일
친절하고 경건하며 미의식이 강하다. 계획을 세워 행동하는 신중한 성격.
17
GREEN
남향
水
코끼리
수요 부처상

목요일
호기심이 많고 정직하며 역경에 강하다. 기분 전환이 빠른 성격이다.
19
ORANGE
목요 부처상
서향
木
쥐

금요일
감정적이고 창의성이 풍부하며 부지런하다. 섬세하고 소유욕이 강한 성격.
21
북향
BLUE
金
두더지
?
금요 부처상

토요일
정의감이 강하고 저돌적인 성격. 인내심이 많고 커리어를 중요하게 여긴다.
10
VIOLET
샤~
샤~
남서향
土
뱀 (용, 나가)
토요 부처상

수영장 사람들

취미 중 하나가 사람 구경인 나의 수영장 관찰일지.
부끄러워 인사 한 번 제대로 걸지 못했지만
항상 선글라스 너머로 모두를 바라보고 있었는 걸.

#관찰 2: 수영아재 관찰 중 발견한,
허우적
쿠콰콰콰
허우적
?!
?!
미스터리 쾌속남
C급 자세 + A급 속도!!

#관찰 3: 비정기적으로 관찰 가능한,
칫…
HA
HA
HA
풀장 소셜 클럽
영어가 안 돼서 낄 수 없는 그 모임….

#관찰 4: 저절로 엄마미소 짓게 되는,
끼야아아앙!!
푸슉
풋!
마시멜로즈
뽀얗고 통통함. 쌍둥이. 익룡.

어디에서 어떤 삶을 살던 사람들이든

여기에선 여유롭고 편안한 마음.
스윽-

오늘 관찰은 여기까지.

맑은 날은 일하기 좋은 날

나는 일하는 틈틈이 수영과 웨이트 트레이닝을 했다.
마지막으로 운동을 했던 건 1년도 더 된 일이다.
타국살이의 로망이 내 안의 녹슨 엔진에 시동을 걸었다.

내가 가진 타국살이의 로망은 '잘 먹고 잘 사는 것'. 그리고 잘 먹고 잘 사는 데 건강이 중요하다는 것은 굳이 어렵게 설명할 필요가 없다. 평소에 신경 써서 건강을 챙기는 편이지만, 운동만큼은 남의 일처럼 여겼다. '맑은 날은 일하기 좋은 날'이라는 내 지론은 맑은 날조차 책상 앞을 벗어나지 않겠다는 작은 다짐과도 같았다.

그러던 어느 날, 부쩍 체력이 약해졌다는 것을 깨닫게 되었다.(당연한 결과겠죠?) 며칠 이어지는 밤샘도 견뎌냈던 체력은 바닥을 드러낸 채 말라버린 저수지가 되어 있었다. 수영과 마라톤 마니아 무라카미 하루키는 "꾸준히 일을 하려면 체력이 가장 중요합니다"라고 말했다. 가졌던 것을 잃고 나서야 그 말에 공감이 되었다. 그 뒤로 일종의 의무감을 가지고 운동을 시작했다. 하지만 관성이 무섭게 발을 잡아끌어 시도는 매번 두세 달로 그치고 말았다.

치앙마이살이. 그러니까 타국살이를 시작하게 된 것은 내가 가진 관성을 벗어날 수 있는 좋은 기회였다. 이곳에서 잘 먹고 잘 살아보고자 운동시설을 갖춘 집을 찾아다녔고, 커다란 야외 수영장과 작지만 알찬 헬스장이 있는 집을 구했다. 나는 일하는 틈틈이 수영과 웨이트 트레이닝을 했다. 마지막으로 운동을 했던 건 1년도 더 된 일이다. 타국살이의 로망이 내 안의 녹슨 엔진에 시동을 걸었다.

운동을 기피하며 살아온 나는 운동 초심자나 다름없었다. 중학생 시절 한 달여간 수영을 배웠는데, 덕분에 겨우 맥주병만 면한 상황이었다. 자유형으로 쉬지 않고 수영장 1회 왕복하기를 목표로 몇번 팔을 휘젓다가 멈추고, 다시 팔을 휘젓다가 멈추고 반복했다. 웨이트 트레이닝이라고 사정이 크게 다르진 않았다. 헬스장에 있는 기구를 들고, 밀고, 당겼지만 내가 제대로 하는 것인지 알 길이 없었다.

다행히 수영장과 헬스장에는 몇몇 '운동꾼' 같아 보이는 사람들이 있었다. 나는 그들을 곁눈질해가며 눈동냥으로 운동을 했다. 그중에 내게 로망이자 교본이었던 두 사람을 소개하려고 한다.

치앙마이에서 가장 크다는 이곳 수영장에는 돌고래가 있었다. 우리가 '수영 아재'라고 불렀던 그 사람은 하루 대부분의 시간을 수영장에서 보내는 수영 중독자였다. 마치 수영하러 치앙마이에 온 것 같았다. 수영장 편도를 쉬지 않고 한 번 만에 잠영으로 간다던가, 물살을 손쉽게 가르면서 슥슥 나아가는 모습이 멋졌다. 그는 수영하는 시간 대부분 자유형을 했기에 내게 좋은 예시가 되었다. 팔을 어떻게 저어야 하는지, 숨쉴 때 머리는 어떻게 돌려야 하는지, 자연스럽게 연결되는 팔다리와 몸의 움직임 같은 것들을 눈에 담고 따라해 보려고 애썼다.

수영장에 수영 아재가 있다면 헬스장에는 '헬스장 헐크'가 있었다. 헬스장의 헐크는 퇴역한 미군처럼 보이는 근육질 중년 남성이다. 나는 엄두도 못 내는 고중량 운동을 기합 몇 번으로 슥삭 해치워버리는 사람이었다.

어느날 헬스장 헐크는 벤치프레스 기구에 앉아 안간힘을 쓰고 있는 내 옆에 슬쩍 다가왔다. 그리고 말하길, "자네. 벤치프레스는 그렇게 하면 다쳐." 그러고는 팔의 각도라든가, 들어 올릴 때 신경 써야 하는 것들을 가르쳐줬다. 운동하는 내내 어설픈 내가 신경 쓰였나 보다. 무뚝뚝한 말투였지만 상냥함이 느껴졌다.

수영 아재와 헬스장 헐크 덕분인지는 모르겠지만, 치앙마이에서 지내며 수영장과 헬스장을 제법 잘 이용하며 지냈다. 그 결과 타국살이의 로망, 잘 먹고 잘 살기에 성공한 것 같다. 이제는 자유형도, 벤치프레스도 조금 늘었다. 나는 여전히 맑은 날에는 일하는 것을 좋아한다. 그리고 동시에, 서울에 돌아와서 시작한 요가도 꾸준히 하고 있다. 치앙마이에 다녀온 후, 때로는 좀 더 건강해진 것을 느낀다. 나는 예전보다 조금 더 잘 먹고, 잘 살고 있다.

43

고산족 마을

치앙마이 미니밴 투어 중 하나를 골라 고산족 마을에 갔었다.
작고 한산한, 흙먼지 폴폴 날리는 시골마을 같은 곳.
이곳 사람들은 어떤 생각을 하고
어떤 시간을 보내며 살아가는지 궁금해지던 곳.

아마 그 속에서 작은 마을과는 또 다른

넓은 세상을 보고있겠지.

이 아이는 어떤 꿈을 꾸며 자랄까?
저 아이도 크면 목에 고리를 두를까.
예쁘다...

이런 모습들은 언제까지 남아있을까?

꿈꾸는 삶을 살게되면 좋겠다.

전해지지 않을 관광객의 바람.
으샤!

44

오늘의 날씨

더운 나라 태국에선 해가 나는 날을 날씨가 나쁘다 하고
흐린 날을 날씨가 좋다고 한단다.
좋음, 나쁨이란 게 다 뭘까.

언제나 여름인… 나…라…?
?!
?!
부-웅-!!

이 햇빛 가득한 날씨에
?!
슝~
부당~
부다당~
패…
패딩!!

누군가는 오스스 몸을 떠는구나!
퍼후리스!!
보기만해도 땀 난다!
?
우왓?
입고있군!

나에겐 따뜻하고 화창한 날씨가

어떤 이들에겐 쌀쌀한 날씨.

태국에서 더위, 추위의 정의를 새로 내렸다.
여기선 추위 많이 탄다
할 수 없겠어.
크흠….
후후.

여름 나라의 도망자

당신은 일본으로 여행을 가게 되었습니다.
두 목적지 중 한 곳을 택해야만 합니다. 당신의 선택은?
A. 파란 바다에 아열대성 기후인 최남단 오키나와,
B. 겨울마다 눈이 소복하게 쌓이는 최북단 홋카이도.
당연히 A는 여름파, B는 겨울파다.

'드디어 추위 없이 겨울을 보낼 수 있겠다.' 날이 제법 쌀쌀했던 12월 출국일, 공항에서 겹쳐 입은 후드티를 벗어내고선 얼마나 가벼웠는지 모른다. 사람들이 하나둘씩 두꺼운 외투를 꺼내 입기 시작하던 때였다. 우리는 비행 시간을 기다리며 올 겨울엔 겨울 외투들을 꺼내지 않아도 되겠다며 실실거렸다. 12월에 치앙마이로 가게 된 제일 큼지막한 이유 중 하나. 바로 겨울을 피해 따뜻한 곳에서 지내기 위해서였다.

사람들을 크게 두 부류로 나눈다면 '여름파'와 '겨울파'로 나눌 수 있을 거라고 생각한다. 본인이 둘 중 어느 파에 드는지 알고 싶다면 스스로 이런 질문을 던져보면 된다. 당신은 일본으로 여행을 가게 되었습니다. 두 목적지 중 한 곳을 택해야만 합니다. 당신의 선택은? A. 파란 바다에 아열대성 기후인 최남단 오키나와, B. 겨울마다 눈이 소복하게 쌓이는 최북단 홋카이도. 당연히 A는 여름파, B는 겨울파다.

우리집 사람들로 말하자면 이 테스트에서 항상 2:2로 나뉜다. "일부러 추운 곳으로 찾아 가기 싫어. 오키나와가 좋지 않나?"라고 주장하는 편이 엄마와 나, "아냐, 눈 내린 홋카이도는 진짜 멋있을 것 같잖아"라고 주장하는 편이 아빠와 오빠다. 결국, 아무래도 안 되겠다며 두 팀으로 나눠 따로 여행을 가자는 결론에 이른 상태다.

한겨울의 차디 찬 공기를 마시면 속이 뻥 뚫리는 것 같다는 겨울파 사람들도 있지만, 나는 도무지 겨울을 좋아할 수가 없다. 가을이 끝나간다 싶으면 언제쯤 패딩을 입어도 될까, 아직 겨울외투 입은 사람이 없나 두리번거리며 다닌다. 게다가 길을 걸으며 말을 하면 혀끝이 차가워지는 게 싫어서 겨울만 되면 바깥에서 입을 꼭 다물고 걸어다닐 정도다. 추위뿐 아니라 흐린 날도 싫어하니, 하늘이 희뿌연 날이 많은 겨울에는 그저 날이 따뜻해지고 봄이 오기만을 기다린다.

그러니 겨울만 되면 이런 말들을 달고 산다. "따뜻한 나라에서 살고 싶다! 지중해성 기후! 느끼고 싶다!" 중학생 때쯤부터 가지고 있던 오래된 버킷리스트 항목 하나도 바로 '겨울을 여름 나라에서 나기'였다. '여름 나라'는 내 마음 속에서 겨울 한정 이상향으로 자리 잡고 있는 미지의 땅이었다. 그런 나의 첫 '여름 나라'가 태국이 될 줄은, 중학생 시절에는 미처 꿈에도 몰랐지만 말이다.

태국의 계절은 여름, 그리고 더운 여름과 아주 더운 여름으로 나뉜다는 말이 있다. 겨울이 오지 않는 나라, 태국. 치앙마이의 12월 날씨는 서울의 6월 날씨와 비슷하다. 환상적인 목적지였다. 계획대로 12월에 한국을 떠나 3월에 돌아온다면? 한국에서 겨울이 시작되려 할 때쯤… 치앙마이로 가서 여름을 보내고, 다시 한국으로 돌아오면 봄, 여름으로 이어지는 코스가 기다리고 있는 거였다. 그야말로 '겨울을 여름 나라에서' 보내고 오는 계획이었다.

결론부터 말하자면 계획은 대성공이었다. 태국에서 보낸 89일 중 88일(딱 하루 비가 왔었다)은 초가을에서 여름을 넘나드는 날씨였다. 어쩌다 조금 흐리기도 했지만, 조금만 지나면 다시 맑음이었다. 화창한 날이면 눈에 띄게 컨디션이 좋아지는 나에게 겨울 치앙마이는, 적어도 날씨만큼은 환상 속의 바로 그 여름 나라였다. 달력은 겨울을 알리지만 창 밖으론 기분 좋게 따뜻한 날이 이어지는 그 기분이란.

심지어 한국은 전에 없던 한파가 찾아와 시베리아보다 더 춥다느니 하는 무시무시한 이야기가 들려오고 있었다. '정수기 물이 얼었다' '마시던 커피가 얼었다' 등등 매일 새로운 '얼었다' 시리즈가 인터넷에 돌고 있었다. 내가 아는 모든 사람들은 다 그 추위 속에 있는데, 정작 내 몸이 따뜻한 곳에 있으니 한국이 얼마나 추울건지 짐작도 가지 않았다. 그나마 가족들과 연락할 때 날씨 이야기를 들으면 그제서야 조금 실감이 나곤 했다.

성공적인 도망이었다. 싫어하던 것에서 제대로 도망을 쳤다. 한편으론, 좋아하는 것을 제대로 찾아온 것이기도 했다. 버킷리스트 '겨울을 여름 나라에서 나기' 항목에 시원한 마음으로 줄을 쫙 그었다. 정말 해보고 싶던 일을 한 가지 한 거라고 생각하니 스스로 칭찬해주고픈 마음마저 들었다.

앞으로 겨울마다 치앙마이를 그리워하게 되리라는 예감이 들었지만 다음 겨울은 지금까지의 겨울들보다는 조금 더 잘 견딜 수 있을 것 같기도 했다. 얼마나 추위가 싫었는지 그새 잊었거나, 한 해 겨울을 건너뛰었다고 마음에 여유가 조금 생겼거나. 둘 중 어떤 이유든, 싫은 것은 가끔 피해가도 된다는 것만은 잘 알게 되었다.

영화 〈카모메 식당〉에서 주인공 사치에는 "좋네요, 하고 싶은 일을 하면서 사는 거"라는 말에 "하기 싫은 일을 하지 않을 뿐이에요"라고 대답한다. 뭐, 영화 주인공이야 그렇지, 우리는 대부분의 상황에서 하기 싫은 일을 피해서만 가기는 어렵다. 하지만 정말 가끔씩은 '싫은 걸 피하는 것'도 고려해

봐야 할 선택지 중 하나인 거다.

무엇보다 '언제든 피하려면 피할 수 있다'는 선택지를 가지는 것만으로, 신기하게도 조금 더 견딜 수 있는 힘이 생긴다. 몇 달이 아니더라도. 몇 일, 어쩌면 단 몇 분만이라도. 가끔은 싫어하는 걸 피해가는 것, 좋아하는 것을 찾아가는 것. 따뜻한 여름 나라에서 나는, '언제나 도망칠 수 있다는 사실을 잊지 않은채로 흐리고 추울 다음 겨울을 맞이하고 싶다'고 생각했다.

45

젤다의 전설

이렇게 저렇게 살다보면 한 번이라도 이토록 걱정 없는
시간을 가지기가 얼마나 어려운 일인지 모른다.
훽 떠나와서, 제법 온전히 마음을 쏟아 쉬어가는 89일이라니.

하지 못할 이유들을 뒤로 하고
여행 좋지…
불안해.
일도 없는데.
비용은?
어디로?
다녀와서는?
뭐 하려고 굳이…
귀찮다.
…

하고 싶은 일, 끝장 볼 기세로 해보는 것.
!
가보자! 무비자 90일
꽉 채워서~

여행지에서 하루 종일 게임을 하고
힝?
후후…
네 이름은 힝구…
힝구야…
이름을 입력하세요.
힘 ★★★★★
속도 ★★★★
스태미너 ★★★
ㅋㅋㅋ

상상만 하던 일을 저지르는 것.
이번 태국살이는
모두 한 맥락이구나.
가자
힝구야!
히잉~

꿈꾸던 일로 가득 채운 일상…

배불리 버찌를 먹는 나날이다.
나도
해볼래!
컴온!

ZELDA
NINTENDO
SWITCH
LEO
Company

지름신 레이더

이 고성능 레이더는
물건에도 반응하고 음식에도 반응한다.
삐빅! 갖고 싶다! 삐빅! 먹고 싶다!

이래봬도 미니멀라이프를 동경하는데
저거사면
또 100%!!
서랍위에서
먼지만
쌓일걸!!
이성
?!

동시에 예쁜 것들을 너무 좋아한다.
고만 좀
지르라고!!
더이상
들을 필요
없겠어!!
흥!
가자!

매번 자제하지만
지갑열기를
실행해라!!
본능
좋소!
옳다!

매번 갖고 싶어진다.
...
자신과의
싸움중이군...

산은 산이요, 물건은 그저 물건일진대,
큽!!
아냐...
포기하자.

레이더는 오늘도 정상 작동 중.
어? 저것도
예쁜데?!
삐빗!

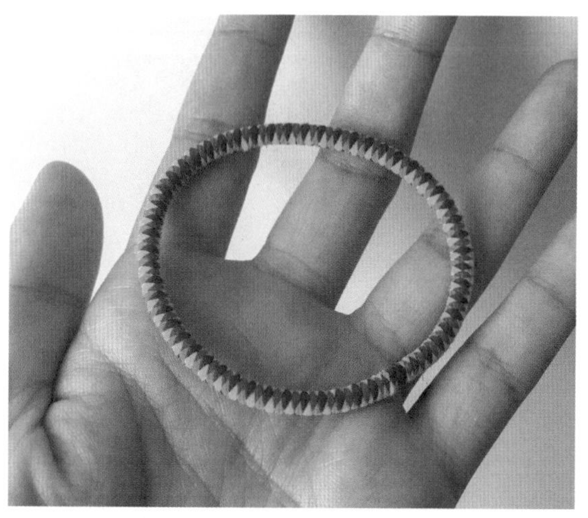

JIM THOMPSON

47

팟타이 어드벤처

통통한 새우, 닭고기, 소고기, 돼지고기, 계란, 야채…
달콤하고 짭쪼름한 팟타이에는 뭐든지 다 어울린다.
태국에 왔다면 반드시 먹어야하는
태국식 대표 볶음면 팟타이!

* 현지 주민들만 있던 허름한 식당. 팟타이 30B.

* 유명한 '콧수염 팟타이' 푸드트럭. 팟타이 4~50B.

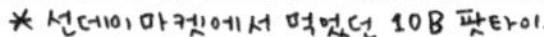
* 선데이마켓에서 먹었던 10B 팟타이.

미술관스럽지 않은 음식점

어쩔 도리가 없는 일이다. 머릿속에 있는 고결한 평가원이
'미술관스러움 항목'을 수준 미달이라 선언해버렸으니
적당히 먹는 둥 마는 둥 하고 나오는 수밖에.

나는 '컨템포러리'나 '모던' 같이 잰 듯한 말로 곱게 포장된 미술관스러운 분위기가 좋다. 알맞게 마련된 가구와 반지르르한 실크 벽지로 마감된 공간, 햇볕에 말린 새하얀 이불커버와 베갯잇이 주는 정제된 도시의 냄새에 마음에 평화가 찾아온다. 음식점을 고를 때도 마찬가지다. 맛이 우선이라고 생각하는 율리와는 달리, 나는 인테리어나 위생, 플레이팅을 가장 중요하게 고려한다.

그러다보니 음식점의 환경이 불량하면 식욕이 저 멀리 도망가버리고, 아무리 맛있는 음식이 나오더라도 낙제점을 맞는다. 음식 입장에서는 조금 억울하기도 하겠다만 어쩔 도리가 없는 일이다. 머릿속에 있는 고결한 평가원이 '미술관스러움 항목'을 수준 미달이라 선언해버렸으니 적당히 먹는 둥 마는 둥 하고 나오는 수밖에.

어느 하루는 길을 걷다 이름 모를 낡은 음식점에 들어간 적이 있었다. 왜 제 발로 들어갔는지 도무지 이해할 수 없는 일이었다. 패잔병들의 급식소로 쓰였을 것처럼 허술한 공간에 나이 든 테이블과 의자가 드문드문 놓여 있던 곳. 어디선가 벌레가 한 마리 툭 튀어나와도 "그러면 그렇지" 라며 대수롭지 않게 여길 수 있을 것 같았다. 외국인 손님은 흔치 않은지, 음식점 안에 앉아 있던 현지인 몇 명이 진귀한 장면을 보듯 우리를 힐끔거리는 것을 느꼈다.

식사를 마친 뒤 올드시티를 산책하며 그곳에서 먹었던 음식을 떠올려 봤지만 불편한 마음으로 먹은 탓인지 그 맛이 기억나지 않았다. 최고의 팟씨유를 먹었다고 기뻐하는 율리 옆에서, 나는 장례식장에 들렀다 나온 사람처럼 기억에서 사라진 팟타이를 애도해야만 했다. 그곳은 치앙마이에서 경험한 음식점 중에 가장 미술관스럽지 않은 곳이었다. 이전에도 '현지인이 애용하는 맛집' 같은 수식어로 널리 알려진 허름한 음식점을 몇 군데 가본 경험이 있지만, 그중 어느 곳도 여기에 비할 바는 아니었다.

강렬한 충격을 한번 겪고 나면 그 다음부터는 자극의 역치가 올라가 웬만한 자극에도 끄떡없게 된다. 모르긴 몰라도 그날의 경험은 세상을 바라보는 시각에 너그러움 한 방울을 더한 것이 틀림없다. 덕분에 웬만큼 허름한 음식점이나, 길거리 좌판 음식을 즐길 수 있게 되었다. 의도치 않은 충격요법의 효과는 굉장했다.

멋진 음식은 영혼조차도 살찌울 수 있다고 믿는 식도락 신봉자로서 치앙마이에서 지내는 동안 즐겁게 식사할 수 있었던 것은 다행이었다. 세계에서 손꼽히는 진미 중 하나인 태국 음식을 현지 맛 그대로, 싼 가격에, 원 없이 즐길 수 있는 기회가 찾아왔는데 거스를 수 없는 취향 때문에 즐기지 못했다면 돌아와서 얼마나 아쉬웠을까?

한국 음식

똠얌의 매콤함으로는 라면의 매콤함을 충족시킬 수 없었다.
외국에서까지 한국 음식 찾아 먹는 거, 좀 촌스럽지 않아?
촌스러우면 어때. 외국 나와서 먹는 라면은
잊을 수 없는 맛이다.

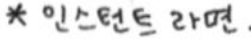
＊ 인스턴트 라면.

＊ 냉동 만두.

* 가스렌지가 없어 뜨거운 물로 라면 끓이는 중.

STOP
辛
라면
SHIN RAMYUN

49

우연한 만남

다들 '좋았다' '멋졌다'고 하는 확실한 것들만 좇던 건
좋은 것만 하기에도 시간이 모자랐기 때문이었다.
하지만 며칠이고 지내다보니
우연히 보물을 찾아내는 즐거움이 생겼다.

그 중 몇몇은 긴 인연으로 이어진다.
기웃 기웃
멋있다!!

여기도 그렇게 만나 종종 찾게된 곳.
MENU

테라코타로 꾸며진, 숲속유적 같은 정원에서

부서지는 햇살과 타이티를 즐길수 있는곳.

계획이 없었기에 만날 수 있었던
착!

우연의 힘이 준 선물.
또 오자.
쭈-욱!

1

Menu

50

아마추어 가이드

한국에서도 자주 못 보던 가족들, 친구들. 치앙마이에서 몽땅 만나기! "너희가 있을 때 가보지 언제 가보겠냐"며 놀러온 손님들이 총 5팀이나. 이리 뛰고 저리 뛰다보니 제법 어엿한 가이드가 된 기분마저 들었다.

* 놀랍게도 일정이 하나도 안 겹침.

* 타쿠 어무니, 아부지.

* 율리 어무니, 오라버니.

살아나는 쑤낙들의 밤

치앙마이에는 길에 어슬렁거리는 고양이, 개가 많다.
늦은밤 골목길에서 개들이 맹렬하게 짖어 깜짝 놀랐다는
제보 역시 많은 치앙마이. 낮에는 늘어져 자기 바쁜 쑤낙들이
밤만 되면 스멀스멀 살아난다고 하는데!

* 쑤낙: 태국어로 개(Dog).

낮에 모아뒀던 에너지를
낮에 깨어있는 개를 보기가 힘들군.
털썩!
털푸덕!

밤에 발산하는 녀석들.
!!!!!
벌떡!
벌떡!

귀엽다고만 생각해선 안 된다.
귀여워라 ~
후후…
찰칵!

밤에 마주친다면
시간이 늦었네…
얼른 들어가자!

곤란한 상황이 생기기도 하니까.
크르르…
!!
안녕?
오! 아까 그 개다.

쏘낙들이 살아나는, 치앙마이의 밤이다.
컹컹컹컹!!!
무서!!
끼야앗!!

43/1
ATABA

52

치킨 난반 덮밥

처음엔 이 여정을 '여행'이라고 불렀지만
언젠가부터는 '살이'라고 부르게 됐다.
단골이 된 식당의 치킨 난반 덮밥을
집밥인 양 자주 먹게 되면서부터였을까.

* 치앙마이 거주 1주일 차

* 치앙마이 거주 3개월 차

항상 먹던 것을 먹고,

접원과 인사를 나누게 된 마트에서
사왓디카~
안뇽하세여

항상 사던 것을 산다.

하루하루 화려하고 신나지는 않아도
호홋!

매일이 은은히 빛나고 안심되는 것.
아러이!

여행과는 제법 다른 '살이'라는 것.
외식과 집밥의 차이같은 거지.
둘다 놓칠수 없어.
기승전먹?

*아러이 อร่อย = 맛있다

FOODPARK

FOODPARK

송충이 눈썹과 도마뱀

남극의 탐방대원들에게 니시무라가 있다면,
우리에게는 송충이 눈썹이 있었다.

영화 〈남극의 쉐프〉를 본 적 있는지? 남극 탐사대원들의 외로운 기러기 생활을 담고 있는 본격 먹방 영화다. 소박한 밥상부터 화려한 만찬까지. 음식으로 향수병을 달래는 대원들의 모습이 시종일관 이어진다. 침샘을 보통 자극하는 것이 아니다.

그 중에 거대한 닭새우를 두고 대원들이 입을 모아 "에비후라이(새우튀김)!!"만 외치는 장면이 있다. 주인공 니시무라 쉐프는 회로 먹거나 으깨거나 쪄서 먹는 것을 추천하지만, 대원들은 이미 튀김 말고는 안중에도 없다. 별 수 없이 새우를 튀겨버린 니시무라. 결국 어린아기 팔뚝만한 초현실적인 새우튀김이 접시에 담겨 나온다. 대원들은 회로 먹었어야 했다며 후회한다.

누군가는 이 이야기에서 '전문가의 말을 잘 듣자'는 교훈을 떠올리겠지만, 나는 튀김을 선택한 것이 잘한 일이라고 생각한다. 그들에게 가장 익숙한 새우 요리는 튀김이기 때문이다. 새우튀김을 외치는 순간 고향과 편안한 집, 그리고 반겨주는 가족을 떠올렸을지 모른다. 군인들이 초코파이를 통해 군생활로 단절된 세상을 느끼는 것과 비슷하다. 요컨대 새우튀김이라는게 그리운 일상의 상징이었던 것이지.

치앙마이에서 지내는 동안 나와 율리에게 새우튀김 같은 존재가 있었다. 센트럴 페스티벌 4층 푸드코트에서 판매하는 치킨 난반 덮밥이 바로 그 주인공이다. 이 메뉴를 주문하면 흰 쌀밥 위에 바삭한 닭다리살 튀김과 달짝지근한 소스가 올라간 덮밥이 나온다. 겉으로 보기엔 일식 같았지만, 그 맛은 정통 일식이라기 보다는 닭강정이나 양념치킨과 비슷했다. 닭강정과 양념치킨의 고향에서 온 우리에겐 익숙할 수밖에 없는 맛이었다.

이 음식을 떠올릴 때마다 송충이 눈썹과 도마뱀이 생각난다. 송충이처럼 진한 눈썹과 도마뱀상 얼굴이 특징인 두 사람은 일식 및 한식 코너에서 치킨 난반 덮밥을 요리하던 요리사다. 출석부에 도장찍듯 치킨 난반 덮밥을 먹으러 다니다보니 주문하러 다가가면 뭔지 알겠다는 눈빛을 보내곤 했다. 분명 '또 그걸 먹으러 왔군' 하고 생각했을 거다.

우리는 밥을 먹으러 가는 길에 누가 조리대 앞에 서 있을지 예측하곤 했다. 그리고 둘 다 송충이 눈썹이 있기를 간절히 바랐다. 그가 만들어 준 치킨 난반 덮밥을 더 선호했기 때문이다. 송충이 눈썹이 만든 치킨 난반 덮밥은 마치 한국으로부터 공수받는 닭강정 덮밥을 먹는 것 같았다. 남극의 탐방대원들에게 니시무라가 있다면, 우리에게는 송충이 눈썹이 있었다.

치앙마이에서 지내는 동안 광신도처럼 치킨 난반 덮밥을 열렬히 추종했다. 일주일에 일곱 번, 가끔 하루에 두 번씩 먹기도 했다. 익숙하기만 했던 맛은 시간이 지날수록 점점 치앙마이의 일상을 대표하는 맛이 되어갔다.

선택할 필요가 없으니 고민할 일도 없었다. 나는 그 패턴이 만족스러웠다. 생활에 생기는 이런 패턴은 어쩌면 뻔하게만 느껴질 수도 있다. 하지만 바꿔 생각하면 뻔한 것 편한 것이 아닐까? 서울에 돌아온 뒤로 무얼 먹을지에 대한 고민이 부쩍 늘었다. 마음의 갈피를 잡지 못하고 있으면 그때의 기억이 난다.

53

사바이, 사바이

태국에 오기 전 인터넷으로 배웠던 말, 사바이.
느리게, 천천히, 안심시켜주는 말, 사바이.
이제는 조금 알 것도 같은 말,
사바이, 사바이.

* 숙소 우편함으로 물세·전기세 고지서를 받았음.

영수증을
받을수
있을까요
…?

짜증도 나던 일인데, 어쩐지 더이상
싫은 마음이 일어나지 않았다.
태국에는 사바이 라는 말이
있다고 합니다. '좋음', '평안' 이라는
뜻으로, 태국 사람들의 낙천적이고
여유로운 사고방식을 보여주는 표현이에요.
중생이여
무엇이 그리
번잡하느뇨
사바이,
사바이
하거라아

큰 불편도 아니고, 바쁜 일도 없는데
여기있어요 ─!
코쿤캅!
코쿤카-

나를 화난 사람으로 만들 이유가 없다.
화를 내야만하는
상황도 있겠지만,

실수할 수도 있고 만회할 수도 있지.
나도 평소에 너무
실수투성이라서…
화낼수가
없어.

배워갑니다. 사바이 사바이.
세금도
무사히
보냈
습니다
…
테익마
머니

54

길거리 포토그래퍼

여행에 남는 건 사진밖에 없다는 말, 정말 그렇다.
어디에 가든 무엇을 느끼든 사진은 찍어두고 볼 일!
결국엔 뻣뻣한 사진이든 자신감 넘치는 사진이든
모두 보물이 된다. (그래도 이왕이면 멋있게 찍히고 싶다.)

그 자신감, 너무 멋져!
프로페셔널!!(2)
찰칵
찰칵
찰칵

너무… 멋져!!!!
찰칵!
찰칵!
찰칵!
찰칵!
찰칵!

본받아보려 했지만
응!
자신감 장착했어! 다시 찍어줘!
찰칵!
찰칵!
나도 할수있다!

아직은 갈길이 멀기만 하다.
어 색!
뻣
뻣!
앗… 아마…
이게 아닌데

멋진 사진을 남긴다는 것,
포… 포기하긴 일러!
마… 맞아!
크윽!
한번더!

정말 어려운 일이야.
이… 이렇게?
타쿠도 찍어줄게!!

55

다이어트

어딜 가나 맛있는 게 너무 많고,
여행 기분으로 몇 주 동안 지내다보니 몸이 무거워지고 말았다!
외국에 나와 지내면서 매일 운동을 하고
샐러드로 저녁을 먹게 될 줄이야.

* 살이 찌면 볼부터 빵빵해짐.

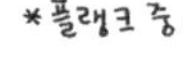
*플랭크 중.

*29화 '초코도넛' 참조.

건강하게 먹고, 움직이는 것이

버터헤드 가 맛있어~!

크흑…

ㅠㅠ

Herbs & Garden Vegetables
Salad
organic

56

율리와 타쿠

평일에는 집에서 일을 하거나 쉬고, 주말에는 가고 싶은곳에 가고
평소에는 익숙한 것을 먹다가, 어쩌다 한번씩 새로운 걸 맛 보고
서로가 좋아하는 걸 이렇게 저렇게 섞어 두 명의 시간을 보내던 기억.

'좋은게 좋은거' 경험파
힘든것도 추억이야!
후진 숙소,
힘든 여행
OK!
안 힘들 수 있는데
사서 고생은 별로…
이왕이면
더 좋은곳,
더 편한 방법!
'아닌건 아닌거' 실리파

의외로? 아웃도어파
멀리 온 김에…
여기도 가보고 저기도~
완벽한! 인도어파
완벽한 자유는
방 안에 있다구.
ZELDA

서로의 차이로 서운한 일도 생기고,
내 맘 모르고오
너므해
너므해…
흐읽…
히읏

거꾸로 도움을 주고 받기도 한다.
타쿠가 짠
일정은
완벽하고나.
진짜 좋다~
혼자였음 안 왔을 텐데

* 왓 우몽(동굴사원).

중요한 것은, 서로를 더 잘 알게된단 것,
오오. 타쿠가 저쪽
좋아할 것 같은데.
멋지군…

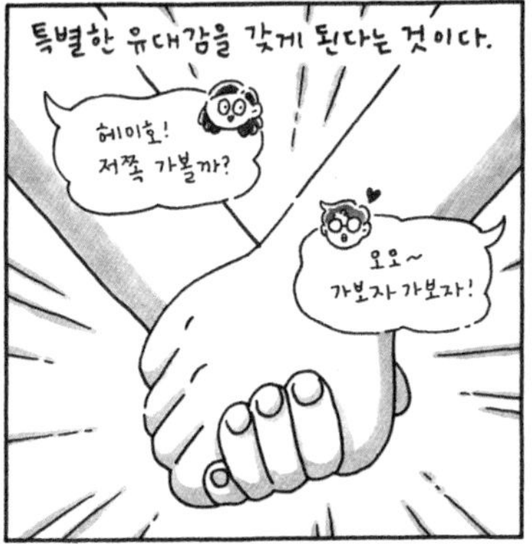
특별한 유대감을 갖게 된다는 것이다.
헤이호!
저쪽 가볼까?
오오~
가보자 가보자!

57

와로롯 마켓

〈보노보노〉에서 야옹이형이 그랬다. 즐거운 일도 힘든 일도
반드시 끝난다고. 뭐 하나 제대로 마음처럼 풀리지 않는 날에는
그저 '좋은 일이 일어나는 날이 아니구나'
생각하며 일찍 자는 게 최고다.

* 46화 '지름신 레이더' 참조.

* 와로롯마켓: 식료품, 생활용품을 주로 파는 재래시장.

* 만불절, 태국 공휴일.

되는일이 없는 하루라고 생각했던 날.
이렇게 된 이상 마사지라도 받고 들어가자.
끄덕..

얼핏, 멋지게만 보이는 타국살이도
예약을 안하면 못 받는대…ㅠㅠ
ㅠㅠ

대부분 미적지근한 날들이기 마련이고,
오늘은 어떤 특별한 날인가요?
뭘 해도 안되는날?
집으로 돌아가겠습니다
저기…
ㅋㅋ
오늘
?

늘 신나는 일들을 기대하는 매일이지만
택시~

항상 멋진 일들만 펼쳐지지는 않지.
z z

일상이라는건 어디서든 그런 것이다.
안되겠다~
오늘은 일찍 자고, 내일은 맛있는거 먹자.
그래 그래

APPLE

60
50
85
55

อัตราค่าโดยสารไม่เกิน 30 บาท/คน 30 Baht/Person
TIGER KINGDOM
SERVICE
ISUZU
30-4513

อาคารโอ้วจินเฮง

58

가계부

처음 길게 외국에 나와 지내면서 금전적으로
긴장을 늦추지 않으려 쓰기 시작한 가계부.
물가에 익숙해지는 데엔 가계부 쓰기만큼
좋은 방법이 없다는 걸 절절히 느꼈다.

* 나의 통장. 대개 굶주려있다.

여행찌랭이는 불안함을 감출 수 없다.
잘 다녀와…
BANK
흠… 이정도면 충분한가?
아닌가
맞나
← 장기거주 비용 찾아보는 중

그래서 시작한 가계부 쓰기!
점심식사 150B
칫솔 115B
핸드폰유심 320B
월세 & 전기세 납부 12500B + 270B

매일 저녁 책상에 마주 앉아
컴온 뽀이, 오늘의 가계부 타임일세.
내일하면 안… 돼…?

하루 씀씀이를 적은지 두어달이 지나고
Payment 160.00
TICKET

기록이 쌓여갈수록 불안함은 사라져간다.
후훗… 뭐… 태국물가… 감 잡아버린 것.
치앙마이 예산

이젠 찌랭이를 살짝 벗어난것 같은 느낌!
뿌듯!
후 후 후 후 후
후 훗 후 후 후
후 후 후 훗…
탁
타닥

피자와 햄버거

치앙마이에서 기억에 남는 음식이라면?
팟타이, 똠얌꿍, 카오소이, 그리고 피자와 햄버거?!
그래, 맛있고 행복했다면 그걸로 됐지 뭐.

* 센탄: '센트럴 페스티벌' 쇼핑몰의 줄임말.

* 집으로 사들고 옴.

마이 싸이 팍치

마이 싸이 팍치! 고수는 빼달라는 뜻이다. 어쩔 수 없었다.
고수만 빼고 나면 내 입에도 너무 맛있는 음식들이었는 걸.

치앙마이에 오기로 마음먹기 전까지 태국에 대해 알고 있던 건 기껏해야 팟타이 말고는 없었던 나. 제대로 떠날 준비를 하게 되었을 때서야 겨우 태국 문화니 날씨, 무엇보다 음식에 대해 알게 되었다. 팟타이의 '팟ผัด'이 '볶음'이었다니. 식비는 생각보다 더 저렴한 편이고, 음식에는 고수가 들어가겠지. 한국에서 먹기 힘든 과일들을 먹어봐야겠다. 아무튼 그곳에서만 먹을 수 있는 음식들을 매일 먹을 거야. 그렇게 이것 저것 찾아보던 중이었다.

한참 노트북 화면을 들여다보고 있는데, 어느 순간 더 알아보려는 마음이 스르르 사그라들기 시작했다. 나는 기대하던 영화가 개봉하고 나면 트레일러 영상을 찾아 보지 않는 편이다. 찾아보지 않는 걸 넘어서, 우연히 틀어져 있는 영상이라도 마주치면 재빠르게 고개를 돌리고 귀도 막는다. 영화든 사람이든 음식이든, 미리 일부분만 보고 기대가 너무 커지면 그만큼 감동하기 어려워지고 심지어 실망하기 십상이지 않겠는가.

태국 음식도 마찬가지였다. 치앙마이에 도착하고 나면 좋으나 싫으나 뭔가 찾아 먹게 될 테고(그것도 89일이나) 그렇게 하나하나 먹어보면서 차차 알아가는 게 더 좋겠다는 생각이 들었다. 게다가 요즘은 인터넷에 워낙 생생한 후기가 넘쳐흘러서, 한두 시간쯤 검색하고 나면 자칫 이미 여행을 다녀온 듯한 기분이 들어버리니까 말이다. 물론, 기분뿐이기는 하지만.

걱정 반 호기심 반으로 미리 찾아보기는 했지만 다행히 직접 겪게 된 태국에는 맛있게 먹을 수 있는 음식들이 정말 많았다. 닭이면 닭, 돼지면 돼지, 소, 새우…. 뭐든지 어울리는 단짠단짠 팟타이는 물론이고, 넓적하고 탱글탱글한 면발의 짭조름한 맛이 매력적인 팟씨유, 태국 북부 음식을 이야기할 때마다 첫 번째로 거론되는 카오소이, 파파야 과육으로 만든 매콤하고 달착지근한 김치 같은 쏨땀. 이제껏 알던 한국에서의 체인점 팟타이의 맛은 말끔하게 잊어버릴 수 있을 정도로 태국에는 맛있는 음식이 수두룩했다.

하지만 나는 그 와중에 뚫을 수 없는 벽을 만나고 만다. 그게 바로 동남아시아 음식의 상징, 고수였다! 사람들이 겁주는 만큼 모든 음식에 들어가지는 않지만 어쩌다 한번 만나면, 어마어마한 존재감을 뽐내는 고수가 듬뿍 얹혀져 있었다.

내게는 예전부터 갖고 있던 상상 속 멋진 여행자의 모습이 있었다. 긴 여행으로 이마와 손등이 새카맣게 그을린 채 허름한 식당에서 이국적인 향신료를 듬뿍 넣은 음식을 앞에 두고 생각한다. '그래, 바로 이거지. 이게 빠지면 이곳 음식이라고 할 수 없잖아!' 그리고 게걸스럽게 먹어치우는 것이 내 상상의 '멋진 여행자'였던 것이다.

그래서 처음엔 고수가 잔뜩 들은 볶음밥이나 쌀국수를 몇 번이고 주문했었다. 이게 태국의 맛이구나, 의기양양하게 말해보고 싶었다. 그렇지만 며칠 안 가서 인정할 수밖에 없었다. 내가 고수를 잘 못 먹는 사람이란 걸. 오히려 샴푸 맛이 난다는 악명을 들었다며 걱정이 심하던 타쿠는 먹어보니 그 향이 썩 싫지가 않은 모양이었다. 아쉽지만, 인터넷을 뒤져 태국어를 하나

배웠다. '마이 싸이 팍치!' 고수는 빼달라는 뜻이다. 어쩔 수 없었다. 고수만 빼고 나면 모두 내 입에도 너무 맛있는 음식들이었는걸.

태국에서 지내는 동안 매일 태국 음식만 먹겠다는 다짐은 뒤로한 채, 어느새 우리가 가장 많이 찾게 된 메뉴는 일식당의 치킨 난반 덮밥이 되어 있었다. 좀 더 시간이 지나자, 태국까지 와서 먹기는 좀 그렇지 않냐며 은근히 피하던 피자와 햄버거도 즐겨 먹게 되었다. 의외로 아이스크림이 너무 맛있어서 한국에서 먹던 것보다 더 많은 아이스크림을 먹었다. 하지만 예상을 뒤엎고, 그랬던 것이 후회가 되지는 않았다.

뭐니 뭐니 해도 어디서든 맛있게 밥을 챙겨 먹고 건강하게 지내는 게 최고다. 태국에선 태국 음식을 먹어야 한다는 혼자만의 책임감, 익숙한 맛을 찾게 되면 무언가에 패배하는 듯한 느낌을 받던 나는 상상 속 여행자를 놓아주기로 했다. 어디에도 멋있는 여행자의 표본 같은 건 없었다. 만약 있다고 해도 무슨 상관이람. 태국에서는 고수를 먹지 못하는 사람도 맛있는 온갖 음식을 잔뜩 즐길 수 있다. 이 말만 기억한다면. "마이 싸이 팍치."

RockMe
BURGERS & BAR

1. 고기 국수 : 블루누들
2. 사탄라떼 : 리스트레토
3. 록킹 온 헤븐 : 락미버거
4. 타이티 아이스크림 : 차트라뮤
5. 팟타이 꿍 : 콧수염 팟타이
6. 초코 도넛 : 세인트 에뜨왈
7. 쏨땀 : 럿롯
8. 싱하 맥주
9. 타이거 맥주
10. 창 맥주
11. 레오 맥주
12. 팟씨유
13. 초코 바나나 크레페
14. 로띠
15. 스티키라이스
16. 크루아상 샌드위치 : 반 베이커리
17. 까이양 : 청도이 로스트 치킨

8
9
10
11
SINGHA
Tiger
Chang
CLASSIC
LEO
LEO
12
13
14
15
16
17

우리의 쌉숭 방법

권태에 빠졌다가도 다시 활기를 되찾고, 다시 권태에 빠지는 것.
그리고 그 과정을 계속해서 성실하게 반복해나가는 일상.
모든 게 지루하게 느껴진다 해도, 다시 기운이 나게 해주는
우리만의 방법들이 있다면.

책상 앞에서 쌓인 스트레스는
평일
끄으으으…
일하는 중
타닥…
타닥…

나가서 푼다!
놀자
걷자
먹자
파워☆외출
주말

돌아다니며 받은 스트레스는
GO! GO!
피곤쓰…
집돌이
주말

책상 앞에서 푼다?!
평일
후후후♬
편---안!

톱니바퀴처럼 돌고 도는
싸납승 헐타 싸납승 헐타 싸납승 헐타 싸납승 헐타 싸납승 헐타 싸납승

치앙마이의 일상이 이어진다.
다음 주말엔 어디 갈까?
!
후후.

61

선물 장만

긴 타향살이의 끝에는 우리를 기다려주는 사람들을 위한
선물 장만이라는 미션이 있었다. 이것도 예쁘고, 저것도 예쁜데…
'마음에 안 들어하면 어쩌나' 걱정하지 말자.
선물은 주는 사람 맘이랬으니까.

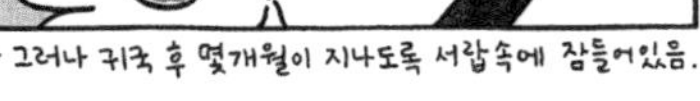
* 그러나 귀국 후 몇개월이 지나도록 서랍속에 잠들어있음.

Cha
Chaa
slow pace
CRAFTs

오랜 머무름

어리바리 모르는 것들을 배워가느라 한 달,
그럭저럭 익숙해지느라 한 달,
스리슬쩍 정이 들다가 한 달이 지났다.
사실 6개월… 아니 1년 정도는 더 있고만 싶었다.

사실 처음 태국에 도착해서는
조금 실망도 했었거든.

땡볕에 집 구하기…
안돼
돌아가
모기랑 개미 떼에…
돈 안 뽑혀서 당황했던 일…
하핫

그런데 결국엔…
모든게 다 좋았던 것 같아.
!

생각만으로 되는 일은 없다.
가자. 치앙마이.
89일 동안.
그래!
그러자! ㅋ!
둘 다
무슨 용기였지ㅋㅋ

용기내지 않았다면 하지 못했을 경험.
삐빅
철컹

떠나오기를 잘 했다.

63

작별인사

다시는 못 올지도 모르는 곳, 다시는 못 볼지도 모르는 사람.
모두와 작별 인사를 나눠야 하는 시간이 찾아왔다.
오늘 헤어지면 언제 다시 볼지 모르는 채 나누는 인사.
그래도 치앙마이는 다시 돌아오고 싶은 곳이다.

* 집주인 Mr.Yo와 만나 숙소 체크아웃.

지금 이곳을 떠나면 이들과는
음음!
글쎄…
아직 모르겠어~
다시 올 수 있을까?

다시 못 만날 수도 있겠지.
마트 들렀다 갈까?
그러자.

스쳐 지나가는 사람들 중 하나일 우리에게
우리, 오늘이 한국으로 돌아가는 날이야~
!
고마웠어.

그들은 서글서글한 눈으로 물었다.
언제 다시 올거야?

그 상냥한 마음과 얼굴, 역시 이곳은
잘 가, 안녕. 이 아니라 언제 다시 오느냐고 물어봐주는구나.

미소의 나라가 맞는 것 같다.
모르긴 몰라도, 또 오게될 것 같아.
음음~
인스타 해?

안녕, 치앙마이

밤 비행기로 치앙마이에 온 친구들이 말하길,
유난히 불빛이 많다 하더니… 하늘도 땅도 어두운 속에서
가득히 반짝거리던 빛들. 천천히 익숙해진 도시를
발 아래 두고 떠나던 밤. 고마웠어요, 아름다운 빛들.

서서히 비행기가 떠오른다.
우와아…!!
덜컹
덜컹
덜컹
!

창밖으로 보이는 수 많은 불빛과

그 빛 하나하나에 담긴 추억들이
밤하늘 별처럼 빛나고 있었다.

추억과 아쉬움을 남긴, 89일이 끝났다.

안녕, 치앙마이.

THAI
SI NAKHON
THC
CNXOM-006

65

돌아오다

겨울이 시작될 무렵 떠나 한 계절을 여름 나라에서 났고,
봄이 시작될 무렵에서야 다시 돌아왔다. 오랜 여행의 끝,
내 속에는 지난 겨울에 쌓인 느낌들, 기억들,
이야기들이 촘촘히 남아있게 됐다.

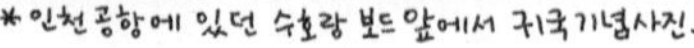
* 인천공항에 있던 수호랑 보드 앞에서 귀국 기념사진.

* 3월 초.

어느새 다시 봄이 오려 한다.
치앙마이 갔던 게
다 거짓말 같아….

겨울 내도록 한여름 꿈을 꾼 것처럼
무슨 소리야?!
빨리 짐 정리해.
귀찮아…!
빵!
빵
아…!
거짓말 아니네.

지난 겨울은 그렇게
여름옷… 또 곧
입게 되겠지.

뜨겁게 빛나는 색들로 찬 채 지나갔다.

그 색이 바래지면 또 어디론가

훌쩍 떠날 수 있는 내가 된 채로.

fin.

다시, 봄

못내 아쉬운 마음이 들었지만 어떤 여행이든
몇 톨의 아쉬움은 남기 마련이었다.
그런 마음 하나하나는 나중에 한 번 더 찾아갈 이유로
어느 구석에 남겨두는 수밖에 없다.

물이 반만 남은 컵은 반이나 남았다고, 또는 반밖에 남지 않았다고 생각할 수 있다고들 한다. 치앙마이에서 지내기로 한 세 달 중 두 달이 지난 후였다. 손에 들고 있던 컵을 내려다보니 어느샌가 절반보다도 더 적게 줄어들어버린 물이 찰랑이고 있는 것만 같았다. 그때부터였을까, 한국으로 돌아가야 한다는 사실이 점점 더 신경 쓰이기 시작했던 것이.

어느 날 점심을 먹으러 가던 길에 타쿠가 문득 "더 있으려면야 있을 수 있겠지만, 이제는 돌아가도 될 것 같아"라고 말했다. 김치가 먹고 싶다나 뭐라나. 나로 말할 것 같으면 6개월이든 1년이든 더 지낼 수 있을 것만 같았다. 아직 못 가본 곳이 얼마나 많은데. 팟타이도 열 그릇은 더 먹고 싶고. 그런 바람에도 불구하고 팟타이를 채 몇 번 더 먹지 못했다. 일주일 뒤 우리는 태국 치앙마이를 떠나, 한국으로 돌아왔다.

어느 순간부터였는지 잘 기억은 나지 않지만 타쿠는 한국에 돌아온 후 치앙마이에 돌아가고 싶다는 말을 하기 시작했다. 언제부터 그런 생각이 들었었냐고 물으니, 무려 '인천공항에 도착했던 순간부터'였다고 했다. "한국에 도착해서 무채색으로 가득한 거리를 보는 순간 돌아가고 싶어졌다"라니. 뭐야, 언제는 한국에 돌아가도 될 것 같다고 했잖아?

정작 1년은 더 지낼 수 있겠다던 나는 생각보다 그리운 마음이 들지를 않았다. 생각해보면 아마 귀국하고도 한참을 더 그렸던 만화 때문이었는지 모른다. 나는 아직도 그곳에 머무르고 있는 것 같은 기분이었다.

'그래도 아직, 아직 안 돼.' 못 다한 이야기들이 몇 편이고 남아 있었다. 몸은 돌아왔어도 마음은 아니었다. 한국으로 돌아왔다는 걸 인정하는 순간, 치앙마이는 과거에 '가봤던 곳'이 되어버리고 말 것 같았다. 마음만이라도 그곳에 머문 채 이야기를 마무리 짓고 싶었다. 돌아가고 싶다는 감정을 느낄 새는 없었다.

지난 12월, 겨울바람을 맞으며 한국을 떠나 한참을 치앙마이의 여름 속에서 지냈던 나. 다시 돌아온 3월의 한국에는 이미 봄바람이 살랑거리고 있었지만 나는 아직 그렇게 한여름 이야기 속을 맴돌고 있었다.

마지막 에피소드의 마지막 컷 아래에 작게 'fin'이라고 쓰고 나서야 겨우 마음도 몸이 있는 곳으로 돌아옴을 느꼈다. 고개를 들어 주위를 보니 봄은 지난 지 오래, 이미 뜨거운 여름의 한가운데였다. 그야말로 긴 꿈을 꾸고 일어난 느낌이었다. 겨울잠을 자는 동물이 동굴 속에서 추위를 잊고선 여름날의 꿈을 꾸고 일어난다면 바로 이런 느낌이려나.

그 후로 나는 몇 번이고 되짚고 그려내 마음에 깊이 남게 된 치앙마이를 몇 번이고 다시 그리워하게 되었다. 길가에는 어떤 나무가 자라고 있는지, 가게에선 어떤 물건을 파는지, 어떤 사람들이 어떤 표정으로 지내고 있는지. 무엇 하나 상상할 수 없던 곳. 지금은 눈앞에 있는 듯 떠올릴 수 있다. 이런 게 바로 여행이 끝난 후에 즐길 수 있는 묘미일지 모른다.

지난 가을에는 러이끄라통이 머지 않았다는 이야길 듣고 나서 축제날을 찾아 달력에 적어두었다. 그리고 그 날은 하루 종일 치앙마이의 새카만 밤하늘과 삥강 위를 수놓을 등불들을 상상했다. 12월에 도착한 우리는 보지 못한, 그렇게나 아름답다는 축제. 한참을 지내며 러이끄라통을 놓치다니, 못내 아쉬운 마음이 들었지만 어떤 여행이든 몇 톨의 아쉬움은 남기 마련이었다. 그런 마음 하나하나는 나중에 한 번 더 찾아갈 이유로 어느 구석에 남겨두는 수밖에 없다.

지금 이 마지막 글을 쓰는 '이곳', 한국은 추운 겨울의 한복판이다. 며칠 전엔 작년 겨울에 보지 못했던 눈이 내렸다. 사람들은 얼마 남지 않은 크리스마스와 연말연시를 맞이할 마음의 준비를 한다. 나는 한 달도 더 전부터 털이 복슬복슬한 옷에 패딩을 껴입고 다니기 시작했다. 목도리를 둘둘 두르고 주머니 안엔 항상 두툼한 벙어리장갑을 넣어가지고 다닌다.

그러고도 무방비하게 내놓은 얼굴이 얼어오는 것이 영 마음에 들지 않아 표정을 잔뜩 찌푸리기도 한다. 입을 꼭 다물고 있어도 혓바닥이 끄트머리부터 차가워져 온다. 얼마나 추위를 싫어했었는지 다시금 기억해낸다. '이래서 떠났던 거였어, 이래서! 치앙마이에는 한겨울 추위 같은 건 없었는데.' 길거리에 들리기 시작하는 캐럴을 들으면, 지난 겨울 뜨거운 햇빛 아래서 크리스마스 장식을 보며 웃던 날들이 꿈이었으려나 싶기도 하다.

이제 겨우 한국에 두 발과 마음을 붙인 나는 그토록 싫어하는 추위를 견딘다. 그래도 이렇게 계절을 견디고 나면 또 다시, 봄이 돌아올 것이다. 봄의 따스함을 애타게 기다리는 지금 이곳에 이르러서야, 길었던 나의 여름꿈 '치앙마이 이야기'를 정말로 끝마치기로 한다.

오라오라 병에 걸린 환자

어쨌든 해봐야 알 수 있는 것들이 있다.
'왜 치앙마이인가?' 라는 물음에 대한 답을 찾으려면.

한국 땅을 다시 밟은 감동은 인천 공항에서 떡볶이와 김밥, 라면, 그리고 김치를 먹을 때까지만이었다. 그 이후에 맞닥뜨렸던 것은 3월초의 꽃샘추위와 신림동 동생 집에서 신세를 져야만 하는 상황이었다. 하루 전까지만 해도 온화한 공기와 드넓은 수영장이 딸린 콘도에서 지냈는데 말이지. 젖과 꿀이 흐르는 지상낙원에서 현실 세계로 추방당한 것 같았다. 선악과를 먹은 아담의 심정이 이런 것이었을까.

치앙마이를 떠날 즈음에는 한국에 돌아가도 괜찮겠다고 생각했는데, 큰 오산이었다. 나는 도착한 첫 날부터 다시 치앙마이로 되돌아가고 싶어졌다. 어쩌면 귀국 비행기가 공중에 떠오를 때부터 그리움이 스멀스멀 피어올랐을 수도 있다. 이런저런 이유를 들어가며 다시 치앙마이에 갈만한 구실을 만들어 보기도 하고, 괜히 주변 사람들에게 치앙마이행을 권유하기도 했다.

전형적인 '오라오라 병'의 증상이었다. '태국은 안 가본 사람은 있어도, 한 번만 가본 사람은 없다'는 말이 있다. 그리고 태국을 사랑하는 여행자들은 그 땅의 중독성을 '오라오라 병'이라고 부른다. 태국으로 다시 '오라'는 말이다. 상사병처럼 별다른 약이 없다. 다시 돌아가는 수밖에.

여행 준비를 하면서 이 병에 대해 처음 들었을 때에는 코웃음 치며 남의 일이라고 여겼다. 이번 여행은 나답지 않은 선택으로 시작했고, 당연히 일회성 일탈로 끝날 것이라고 생각했기 때문이다. 사실 나는 여행에는 전혀 관심이 없었다. 어떻게 보면 반감도 있었던 것 같다. 비싼 돈 들여가며 집 떠나 고생을 할 필요가 없다는 생각이었다. 모험이라면 일이든 놀이든 책상 위에서 할 수 있는 모험으로 이미 충분했다.

그랬던 내게 일어난 변화는 사뭇 놀랍다. 치앙마이에서 오라오라 병을 얻어온 나는, 자연스럽게 다음 여행을 꿈꾸는 사람이 되었다. 여전히 위생도 따지고, 돌아다니는 것보다는 집이 최고라고 생각하고, 길거리의 새똥에 눈살이 찌푸려지지만. '어쩌다 이렇게 되었지?'라고 생각해봐도 '잘 모르겠는걸' 하며 고개를 갸웃거릴 수밖에 없다. 딱히 그런 계기가 되는 사건이 있었던 것도 아니고, 치앙마이가 무조건 다 좋았던 것도 아니니까.

예전에 함께 일했던 동료는 '백문이 불여일견, 백견이 불여일행'이라는 말을 즐겨 했다. 내가 여행을 거부했던 것은 여행이 나와 맞지 않아서가 아니라 나와 맞는 여행을 해본 적이 없었기 때문이었다. 나는 그런 의미를 담아 이 글을 마무리하고 싶다. 어쨌든 해봐야 알 수 있는 것들이 있다. '왜 치앙마이인가?'라는 물음에 대한 답을 찾으려면 어쨌든 떠나봐야 한다. 더할 나위 없었던 89일간의 여정의 끝에 나는 나만의 답을 찾아올 수 있었다. 여러분도 치앙마이에 가게 된다면 각자의 답을 찾아올 수 있지 않을까? 그러고 나면 여러분의 마음속에도 오라오라 병이 싹틀지 모른다.

치앙마이에서는 천천히 걸을 것